AF396195

JEANNE D'ARC,

POËME

EN DIX CHANTS,

PAR

L.-T. SEMET.

A PARIS,

CHEZ DUFOUR ET Cie, LIBRAIRES,

RUE DU PAON, Nº 1.

1828.

Y

JEANNE D'ARC.

DE L'IMPRIMERIE DE CRAPELET,

RUE DE VAUGIRARD, N° 9.

« Vous qui partagerez mes périls et ma gloire,
« Suivez moi, Compagnons, jusqu'aux bords de la Loire.

(Chant de Page N.o)

« Suivez moi, Compagnons, jusqu'aux terres au..re

(Chant de Page N°)

JEANNE D'ARC,

POËME

EN DIX CHANTS,

PAR

L.-T. SEMET.

A PARIS,

CHEZ DUFOUR ET Cie, LIBRAIRES,

RUE DU PAON, N° I.

1828.

Jeanne d'Arc.

JEANNE D'ARC,

POËME.

CHANT PREMIER.

Je chante les combats et la jeune héroïne
Qu'arma contre l'Anglais la vengeance divine,
Qui, de ses ennemis la ruine et l'effroi,
D'un pouvoir étranger sut affranchir son Roi,
Et traînant sur ses pas le reste de la France
De l'heureuse Orléans obtint la délivrance.

Toi qu'on dit présider aux esprits immortels
Qui gardent du vrai Dieu les célestes autels,
Toi qui de mes héros soutenant le courage

1

Conduisis jusqu'au bout cet admirable ouvrage,
Pourrai-je dignement célébrer dans mes vers
Et ton puissant secours et nos exploits divers ?
Descends du haut des cieux, tutélaire Génie,
Viens de mes faibles chants soutenir l'harmonie.

Charles régnait en France, ou plutôt de nos Rois
Charles avait la place, et l'étranger les droits.
De coupables amours goûter la douce ivresse,
Ramper indignement aux pieds d'une maîtresse,
Sur un coursier fougueux poursuivre de ses traits
Les timides chevreuils qui peuplent les forêts,
D'inutiles festins étaler l'opulence
Ou languir nuit et jour au sein de l'indolence,
Tels étaient ses plaisirs. Déjà de toutes parts
L'ennemi d'Orléans menace les remparts;
Il marche, il foule aux pieds la France terrassée,
Et la force à rougir de sa gloire passée.
Comme on voit dans la Thrace un fleuve impétueux
Précipiter au loin ses flots tumultueux,
Et les pâles Colons déserter les rivages,
Ainsi le fier Anglais promène ses ravages :

Tout cède à ses efforts ; il renverse en son cours
Et les murs menaçans et les superbes tours.
Voyez-vous des soldats les farouches cohortes ?
Du citoyen craintif ils enfoncent les portes,
Ils immolent sa fille à leur brutale ardeur
Et des temples sacrés profanent la splendeur.
Le désordre est partout ; partout sont les alarmes :
Partout l'affreux éclat des flambeaux et des armes,
Les cris des assassins et les chaumes brûlans,
Font fuir, à flots pressés, les laboureurs tremblans.

Charles, muet témoin, dévore cet outrage :
Dès long-temps la mollesse a brisé son courage.
Tel, tandis que les loups, de carnage altérés,
Emportent dans les bois ses agneaux déchirés,
Le pâtre indifférent, couché sur la fougère,
Soupire ses amours et chante sa bergère ;
A lui plaire, à l'aimer, il borne ses désirs ;
Et leur chien auprès d'eux partage leurs plaisirs.

Cependant du séjour de la plaine éthérée
Qu'habite des martyrs la légion sacrée,

Où réglant dans leur cours et la terre et les cieux
Le Tout-Puissant réside et se cache à nos yeux,
Des anges et des saints l'auguste souveraine
Voit son peuple chéri que l'esclavage entraîne ;
Et dans la France même (efforts trop superflus)
Elle cherche la France et ne la trouve plus.
A ce cruel aspect la divine Marie
Même au sein du bonheur sent son âme attendrie ;
Elle parle au vrai Dieu. De sa triple unité
Ce monarque des Rois remplit l'éternité.
Invisible, il voit tout ; rien ne fuit sa mémoire ;
L'univers, quand il veut, se courbe sous sa gloire ;
Les vierges de son trône entourant les degrés
Répètent mille fois les cantiques sacrés,
Et fuyant de ses yeux les clartés éternelles,
Les chérubins tremblans se couvrent de leurs ailes.

Marie, avec respect, s'approche du saint lieu,
Se prosterne : « O mon fils, mon époux et mon Dieu !
« Tu vois l'excès des maux où la France est livrée,
« De ses honteux succès l'Angleterre enivrée
« Jusqu'aux bords de la Loire a vomi ses enfans :

« De cités en cités ils marchent triomphans.

« Aurais-tu pour toujours abandonné la France ?

« Ah ! daigne mettre enfin un terme à sa souffrance! »

Elle dit ; l'Éternel lui répond en ces mots :

« Les Français me sont chers ; j'adoucirai leurs maux.

« Sais-tu par quelles lois ma sagesse profonde

« Gouverne les humains et dirige le monde ?

« Crois-moi, sèche tes pleurs ; il est vrai, j'ai permis

« Que la France pliât sous ses fiers ennemis ;

« Tu la verras bientôt lever sa tête altière,

« Et reprendre à leurs yeux sa gloire tout entière. »

Marie avec transport écoute ce discours,

Et chaque astre soudain le répète en son cours.

Dieu se tait et choisit dans les saintes phalanges

Son ministre Michel, le premier des Archanges,

Qui bravant de Satan l'effort audacieux

Avec ses bataillons le renversa des cieux.

A la voix du Très-Haut il obéit, il vole

Détruire des Anglais l'espérance frivole ;

Il voit dans Orléans nos guerriers rassemblés

S'indigner des revers dont ils sont accablés.

C'était le beau Dunois, l'appui de ces murailles ;

Culant et Richemont, et Lahire et Saintrailles ;

Dunois des ennemis justement redouté,

Et chéri des Français autant que respecté.

Aux belliqueux transports d'une jeunesse ardente,

Il joint d'un vieux héros la gravité prudente ;

Rival de Duguesclin et modeste vainqueur

Contre les coups du sort il affermit son cœur.

La France fut l'objet de son idolâtrie,

Il ne fit rien pour lui, mais tout pour la patrie ;

Restaurateur du trône, issu du sang des Rois,

Il eût régné comme eux s'il avait eu leurs droits.

Saintraille et Richemont secondent sa vaillance ;

L'un au sein des combats impatient s'élance ;

A ses terribles coups rien ne peut échapper,

Tout lui cède, la foudre est moins prompte à frapper ;

Il dédaigne la ruse, et son franc caractère

Ne se couvrit jamais des voiles du mystère ;

Jamais sa volonté ne se montre à demi

Aux chefs, à ses soldats, ni même à l'ennemi :

Rarement téméraire et toujours intrépide,

De victoire en victoire il court d'un pas rapide.

L'autre moins emporté, plus vaste dans ses plans,

Observe les détours et se hâte à pas lents.

Selon qu'il faut user ou de force ou d'adresse,

Sa docile fierté se plie ou se redresse;

Aux yeux des ennemis il sait fuir le trépas :

On le croit devant eux quand il est sur leurs pas.

L'orgueilleux courtisan le craint et le révère;

On connaît de ses mœurs l'austérité sévère :

Il préfère aux combats qu'illustrent ses hauts faits

D'un repos glorieux les paisibles bienfaits.

L'un et l'autre, en un mot, l'espoir de nos armées,

Protégent de leur Roi les villes alarmées,

Tous deux de leurs secours lui payant le tribut

Par des chemins divers tendent au même but.

Tels sont ces généraux que le danger rassemble

Pour combattre l'Anglais, vaincre ou mourir ensemble,

Quand Richemont se lève et demande à traiter

Avec ces ennemis qu'on ne peut arrêter.

Culant y souscrivait, Saintrailles s'y refuse :

« Moi ! faire cet outrage à ma gloire confuse,

« Dit-il ; a-t-on perdu tout espoir de succès ?

« Oubliez-vous l'honneur? n'êtes-vous plus Français?

« Vous l'êtes, compagnons, et vous avez des armes ;

« Ralliez vos soldats, revolez aux alarmes ;

« Que l'Anglais effrayé passant les flots amers

« Mette entre nous et lui la barrière des mers.

« Marchons, et si pour prix de ma persévérance

« Le ciel, l'injuste ciel trompe notre espérance,

« Sous nos remparts détruits, sous nos murs embrasés,

« L'ennemi nous verra succomber écrasés,

« Mais nous ne tendrons point les bras à ses entraves ;

« Mourons libres, mourons, plutôt que d'être esclaves. »

Entre ces deux avis Dunois flotte incertain,

Le sien doit de la France assurer le destin.

Ainsi, quand dans les airs l'orage se déchaîne,

On voit au haut des monts s'agiter un grand chêne ;

Du nord et du midi les vents tumultueux

Font baisser tour à tour son front majestueux.

Mais quittant le séjour de la béatitude,

L'Ange vient de Dunois fixer l'incertitude ;

Un doux éclat jaillit de son frontgracieux,
Ses simples vêtemens ont la couleur des cieux.
Le lis à peine éclos et la rose naissante
Colorent à la fois son aile éblouissante;
On se prosterne; il parle, et ses divins accens
Des héros étonnés font tressaillir les sens :
« Guerriers, rassurez-vous; le Seigneur qui m'envoie
« D'un triomphe certain va vous tracer la voie;
« Vos soupirs et vos vœux sont montés jusqu'à lui,
« Courez, de la vengeance enfin le jour a lui.
« Vainement l'Angleterre avec mille cohortes
« Ose entourer la ville et heurter à vos portes,
« Une femme bientôt sauvera ces remparts;
« Vous verrez la brebis vaincre les léopards.
« De vos braves guerriers soutenez la constance,
« Aux efforts de l'Anglais opposez résistance,
« Jusqu'à ce que sur vous le Dieu des nations
« Fasse éclater l'effet de ses prédictions :
« Votre valeur encor peut suppléer au nombre. »
Il dit et disparaît ainsi qu'une vaine ombre.
Le ciel est sillonné d'effroyables éclairs,
Et la foudre à grand bruit a roulé dans les airs.

Un murmure confus règne dans l'assemblée,
Tel que celui des flóts quand la mer est troublée.
Le noble enthousiasme a pénétré les cœurs,
Et tous ont ressaisi l'espoir d'être vainqueurs.

L'ennemi cependant approchait des murailles
Ces tonnerres d'airain féconds en funérailles;
Partout l'œil aperçoit d'immenses bataillons,
L'acier, l'argent et l'or brillent sur les sillons.
D'une moisson de fer tout le camp se hérisse;
On n'entend que ces cris : « Que la France périsse!
« Haine, malheur, opprobre à l'empire des lis! »
Mais nos premiers exploits seront-ils abolis,
Anglais? Ah! s'il se peut, abolissez l'histoire
De ces temps où la France enchaînait le victoire;
S'il se peut, détruisez ces monumens divers
Qui rediront toujours sa gloire à l'univers.
Non, non, l'astre éternel dont l'ardente lumière
Rend au monde obscurci sa parure première
Verrait de ses rayons s'éteindre le flambeau
Si la France à jamais descendait au tombeau.

Déjà dans Orléans et dans toute l'armée

Du message divin la nouvelle est semée ;
Chacun prétend combattre et renonce au repos
Tant qu'il n'ait du vainqueur abattu les drapeaux
Et rétabli la France indignement flétrie.
Que ne peut un Français pour sauver sa patrie !
Au sommet des remparts ils courent se ranger,
Et présentent la mort aux yeux de l'étranger.

CHANT DEUXIÈME.

L'ange qui des Français relevant le courage
Avait promis encor de laver leur outrage
S'élève dans les airs, plane, et du haut des cieux
Sur cet immense globe a promené les yeux.
Qui donc va de la France embrasser la querelle,
Marcher contre l'Anglais et combattre pour elle?
O sagesse suprême! O divine grandeur!
Qui peut de tes desseins sonder la profondeur?
Tu sais de l'orgueilleux confondre la faiblesse,
Et du faible mortel exalter la noblesse.

Non loin de Vaucouleurs est un simple hameau.
Là, durant tout le jour, tranquille sous l'ormeau,
La houlette à la main, une jeune bergère
Veille sur ses moutons paissant sur la fougère.

2

Pour la seizième fois elle a vu le printemps
Étaler ses trésors et ses dons éclatans.
Un chien de ses troupeaux est le gardien fidèle;
Qu'ils s'égarent, sa voix les ramène auprès d'elle.
Dès qu'au lever du jour, l'aurore en souriant
Ouvre au brillant soleil les portes d'Orient,
Jeanne du Roi-pasteur entonnant les cantiques
Fait redire aux échos ces accens prophétiques.
Sur le coteau voisin aime-t-elle à s'asseoir?
La nature à ses pieds se déroule; et le soir
Quand de l'airain sacré qui sonne à la chapelle
Le timbre vers son père au hameau la rappelle,
Le vieillard à sa fille ouvre ses bras tremblans,
Et Jeanne avec respect baise ses cheveux blancs.

Vivez long-temps heureux, amis de l'innocence;
O vous qui des remords ignorez la puissance;
Vivez, vivez long-temps inconnus aux mortels.

Un jour que prosternée au pied des saints autels
A la mère de Dieu Jeanne offrait son hommage,
Elle voit s'animer cette pieuse image;

Dans les bras de Marie elle voit le Sauveur
Par un tendre sourire approuver sa ferveur.
Du fond du sanctuaire une voix douce et tendre
A son cœur effrayé soudain se fait entendre :
« Qui t'arrête en ces lieux? Va du peuple français,
« Va par ton bras vengeur, relever les succès.
« Abandonne tes champs, ta demeure et ton père ;
« En son divin appui le ciel veut qu'on espère ;
« C'est lui qui te destine à cet illustre emploi :
« Il ordonne, obéis ; sa parole est ta loi. »
Le céleste envoyé, caché sous un nuage,
A la vierge timide adressait ce langage,
Et Jeanne qui l'écoute, immobile de peur,
Croit n'avoir entendu qu'un fantôme trompeur.
Mais un trouble éternel empoisonne sa vie ;
Partout de cet objet son âme est poursuivie :
Le sommeil fuit ses yeux ; elle entend nuit et jour
Une voix qui lui dit de quitter ce séjour.
L'image de la France à ses pieds enchaînée,
Et l'espoir de changer sa triste destinée
Sur l'amour paternel l'emportent dans son cœur.
« Eh bien, j'abaisserai cet ennemi vainqueur,

« Dit-elle ; Dieu puissant ! faut-il que je t'en croie ?

« L'Anglais, le fier Anglais va relâcher sa proie ;

« Qui ? moi ! de tant de maux j'arrêterais le cours !

« Oui, grand Dieu, je puis tout si j'obtiens ton secours !

« Que je rende à la France un destin plus prospère ;

« Qu'elle triomphe... et toi, veille sur mon vieux père !

« Ah ! combien mon départ va lui coûter de pleurs ! »

Elle dit, et quittant les prés de Vaucouleurs

Elle tourne ses pas vers son humble chaumière.

Déjà l'astre des nuits répandait sa lumière ;

Jeanne sous le feuillage où son père est assis

Lui fait, en soupirant, de funestes récits.

Le vieillard s'en émeut ; les yeux baignés de larmes :

« Quoi ! tu pourrais me fuir ! et pour le bruit des armes

« Renoncer à ce lieu de bonheur et de paix !

« Crois-tu des ennemis forcer les rangs épais ?

« L'État n'a-t-il que toi pour prendre sa défense ?

« Ces guerriers qui jadis au sortir de l'enfance

« Ont osé de la guerre affronter les travaux

« N'oseront-ils voler à des exploits nouveaux ?

« Ma fille, je bénis cette ardeur qui t'enflamme,

« Mais faut-il qu'un vain songe ait abusé ton âme ?

« Ne me fuis point; demeure, et bannis cet effroi;

« Le ciel, sans ton secours, peut sauver notre Roi.

« Ton père, succombant sous le poids des années,

« Devra donc loin de toi finir ses destinées;

« Je mourrai délaissé de la terre et des cieux,

« Et nul après ma mort ne fermera mes yeux.

« Je ne te verrai plus dans nos vertes campagnes

« Guider les chœurs joyeux de tes jeunes compagnes,

« Tandis que les pasteurs secondant vos chansons

« De leurs doux chalumeaux font retentir les sons.

« Pour moi, ces prés fleuris auront perdu leurs charmes,

« Le concert des oiseaux aigrira mes alarmes;

« Ces fruits délicieux, ces beaux fruits que j'aimais,

« Sur le rameau natal périront désormais.

« Est-ce jouir d'un bien qu'en jouir sans partage?

« Mais va, de tes aïeux déserte l'héritage,

« Affronte les périls et la mort.... tu le veux.

« J'étouffe ma douleur et je cède à tes vœux.

« Et vous, tendres brebis, d'une voix gémissante

« Vous croirez rappeler votre maîtresse absente,

« L'écho répondra seul à nos cris superflus,

« Je t'attendrai, ma fille, et tu ne seras plus. »
Les larmes à ces mots inondent son visage ;
Bientôt du sentiment il va perdre l'usage ;
Il chancelle, il succombe ;…. en son humble réduit,
Les yeux baignés de pleurs, Jeanne le reconduit.
Tout repose ; des nuits l'inégale courrière
A fourni la moitié de sa vaste carrière ;
D'une secrète horreur le vieillard agité
Cherche en vain le sommeil et la tranquillité.
Aux heures du repos, l'ennui l'assiége ; il veille ;
Quand à ses yeux surpris (ô soudaine merveille !)
Sa fille vient s'offrir brillante de clartés.
L'ange exterminateur marchait à ses côtés ;
Tout tombe sous les coups de sa main fortunée ;
Elle tient à son char la victoire enchaînée ;
De toutes parts la honte et l'horreur du trépas
Des Anglais dispersés précipitent les pas ;
De la jeune héroïne admirant le courage
Dans le sein d'Albion ils vont cacher leur rage ;
Jeanne sur les débris s'avance, et nos guerriers
Dans les champs de l'honneur moissonnent des lauriers.

Le vieillard tressaillit d'une ardeur inconnue ;
Une voix tout à coup s'échappe de la nue :
« De ta fille tu vois le glorieux destin,
« Ne lui résiste plus dans ton cœur incertain. »

Déjà l'astre du jour sortant du sein de l'onde
De ses premiers regards vient éclairer le monde ;
Jeanne avait du sommeil secoué les pavots.
Ses jeux accoutumés, ses rustiques travaux,
Tout est vil à ses yeux ; elle sait que la gloire
L'appelle désormais aux rives de la Loire ;
La gloire, des exploits ce noble et digne prix
Qui des mortels bien nés enflamme les esprits.
Le père, que rassure un fortuné présage,
De sa fille à l'instant veut hâter le message :
« Va, dit-il, des Anglais humilier l'orgueil,
« Et réparer les maux de la France au cercueil ;
« Par nos lâches retards son tourment se prolonge,
« Dans le sang ennemi que ton glaive se plonge ;
« Dieu même cette nuit a daigné m'avertir :
« Je ne te retiens plus, ma fille, il faut partir.
« Suis toujours aux combats l'ange de la victoire,

« Et que de tes hauts faits j'apprenne ici l'histoire ;
« Ce récit calmera mes secrètes douleurs. »

Ils partent à ces mots ; Jeanne de Vaucouleurs
Déserte, sans regrets, la riante campagne.
D'un pas tranquille et lent son père l'accompagne ;
Un rameau dépouillé lui servait de soutien.
Ils charmaient leur ennui par un doux entretien,
Quand un soldat français accourt sur leur passage ;
Le temps a de sa faux sillonné son visage.
Jeanne soudain s'incline et tremble à son aspect ;
Le guerrier la soutient : « Pourquoi ce vain respect,
« Dit-il, ah ! viens plutôt affranchir ta patrie,
« Et des fils d'Albion réprimer la furie ;
« Entends la France entière implorer ton secours ;
« Toi seule de ses pleurs tu peux tarir le cours.
« L'ange de l'Éternel a, du haut de la nue,
« Aux Français consolés annoncé ta venue ;
« Suis-moi donc, si l'honneur a pour toi des appas,
« Et jusqu'aux pieds du Roi je guiderai tes pas. »
Jeanne prononce à peine un adieu qu'elle adresse
A son malheureux père objet de sa tendresse,

Et de torrens de pleurs elle inonde son sein;
Puis, fière d'accomplir son généreux dessein,
Elle fuit.... Le vieillard, l'œil baissé vers la terre,
Regagne en soupirant son réduit solitaire.

Modeste Domremi! tes murs audacieux
De leur superbe front ne bravent point les cieux;
Ton sein n'enferme point de ces palais antiques
Étalant aux regards l'éclat de leurs portiques;
Mais la France te doit celle dont la valeur
D'un monarque, tombant sous le poids du malheur,
Va soudain réveiller la coupable indolence
Et des Anglais vaincus châtier l'insolence.
Oui, tant que des saisons les spectacles divers
Charmeront tour à tour les yeux de l'univers,
Et qu'on verra la nuit tendre ses voiles sombres
Ou le brillant soleil en dissiper les ombres,
De Jeanne on vantera le courage indompté,
Et parmi les grands noms le tien sera compté.

Cependant le guerrier dans sa marche rapide
Guide vers Orléans la bergère intrépide :

« Vois s'ouvrir devant nous un illustre avenir,

« Dit-il ; à nos Français tu vas te réunir.

« Le Seigneur aujourd'hui les remet sous ta garde,

« Du haut du firmament lui-même te regarde.

« Mais hélas ! si jamais dans l'enceinte des cours

« Tu devais des flatteurs écouter les discours,

« Si par le vain orgueil ton âme empoisonnée

« Oubliait que Dieu seul régla ta destinée,

« Qu'il pouvait, sans ton bras, servir ta nation

« Et des Français soumis venger l'oppression....

« Mais que dis-je ? ton cœur peut-il le méconnaître ?

« Non ; dans l'obscurité c'est lui qui t'a fait naître,

« Pour t'élever enfin au rang où tu te vois.

« Respecte ses décrets ; il peut tout : à sa voix

« Les chênes orgueilleux tombent réduits en poudre,

« Et le frêle roseau s'en va braver la foudre.

« Qu'il fasse désormais éclater ta vertu

« Et confonde le crime à tes pieds abattu.

« Qu'une sainte fureur, sur ton visage empreinte,

« Dans les rangs ennemis répande au loin la crainte.

« Mais l'Éternel impose un terme à tes travaux :

« La France ne doit pas demeurer sans rivaux,

« Laisse à d'autres que nous achever cet ouvrage.

« Pour toi, quand le monarque, aidé de ton courage,

« Dans le sang des Anglais effaçant son affront

« Sous l'onction sacrée aura courbé le front,

« O ma fille, abandonne et la cour et les villes,

« Fuis des adulateurs les louanges serviles,

« Va reprendre au hameau tes modestes emplois

« Et jouir en secret du fruit de tes exploits. »

Il dit; Jeanne le suit et l'écoute en silence :

Au-devant des combats déjà son cœur s'élance.

Quel était cependant ce guerrier inconnu,

Et des remparts lointains comment est-il venu ?

Qui peut de l'avenir lui donner connaissance ?

Toujours du Roi des Rois il vante la puissance ;

Au livre des Destins il lit que les Français

Vont bientôt s'illustrer par de brillans succès.

Est-ce Dieu qui l'inspire? Est-ce un droit qu'il s'arroge?

Jeanne par cent détours vainement l'interroge,

Vainement à sa bouche elle veut arracher

Ce secret important qu'il s'obstine à cacher.

CHANT TROISIÈME.

Ainsi le vieux guerrier et sa jeune compagne
Traversent les cités, parcourent la campagne ;
Douze fois le soleil a ramené le jour
Depuis que la bergère a quitté son séjour,
Quand au lever du soir (ô rencontre imprévue !)
La superbe Orléans s'offre enfin à sa vue.
Elle veut.... mais son guide a retenu ses pas :
« Arrête, lui dit-il, ou tu cours au trépas.
« Attendons que la nuit sur ces demeures sombres
« De ses voiles trop clairs ait épaissi les ombres ;
« Tout sourit à nos vœux ; ces cruels ennemis
« Dans l'ivresse bientôt languiront endormis,
« Et tu pourras alors, poursuivant ton message,
« Même à travers leur camp te frayer un passage. »
Tous deux d'un bois voisin pénètrent l'épaisseur,
Et des ombrages frais vont goûter la douceur.

Cependant fatigué des travaux de la veille,
L'Anglais cède au repos; tout dort, la garde veille :
Jeanne cachant sa marche à leurs yeux attentifs
Dans le camp ennemi glisse ses pas furtifs.
Le guerrier, à la peur toujours inaccessible,
Sur les lieux d'alentour porte un regard paisible.
A la lueur des feux il voit de toutes parts
Et soldats et coursiers sur le gazon épars.
Les chefs moins endurcis reposent sous des tentes;
Là brillent en faisceaux des armes éclatantes;
Ici sont des canons, d'immenses étendards,
Des boucliers d'airain, des casques et des dards.
Si Jeanne de son guide eût emprunté le glaive....
Mais d'une sainte horreur tout son cœur se soulève;
L'Anglais est sans défense et Jeanne ne veut pas
Envoyer ses rivaux du sommeil au trépas;
Non, non, elle sait trop qu'une telle victoire
De ses exploits futurs obscurcirait la gloire.

Mais la lune montant sur son char argenté,
De ses pâles rayons répandait la clarté.
En cet instant fatal, craignant d'être aperçue,

Jeanne cherche des yeux une secrète issue ;
Elle voit un héros sur la pourpre étendu :
C'est Bedfort : à son lit un glaive est suspendu.
Un casque, un bouclier, sont auprès ; Jeanne enlève
Du héros imprudent et le casque et le glaive,
Et sur le bouclier elle trace en partant
Trois lis environnés d'un rayon éclatant.
Bedfort au point du jour ne trouvant plus ses armes,
Appelle ses soldats, éveille les alarmes,
Et d'un bras furieux prenant son bouclier
De notre royauté voit l'emblème briller.
A ce nouveau prodige, à ce sanglant outrage
Son cœur est agité d'épouvante et de rage ;
« Gardes, dit-il enfin, vous voyez qu'un Français
« De ces lieux, malgré vous, a su trouver l'accès ;
« Voilà donc les effets de votre vigilance !
« Peut-être le perfide égorgeant en silence
« A-t-il ensanglanté ce séjour ténébreux.
« Mais non, notre ennemi s'est montré généreux.
« Il aura dédaigné de venger son offense
« Sur de vaillans héros sans force et sans défense ;
« Environnez le camp, veillez, et que demain

« Le soleil vous retrouve une lance à la main. »
Jeanne marchait alors vers la ville lointaine ;
Son guide soutenait sa démarche incertaine ;
Deux fois la nuit survient, et le troisième jour
Leur montre de Chinon le fortuné séjour.
C'est là que le roi Charle oubliant son empire
Se livre aux doux transports que la mollesse inspire.
Le guerrier inconnu s'arrête en cet instant ;
Son corps tremble, s'agite et devient éclatant.
Soudain ont disparu les rides de sa face,
Comme aux feux du soleil l'obscure nuit s'efface ;
Son front n'est plus chargé de son casque d'airain,
Des cheveux ondoyans couvrent ce front serein ;
Ses membres délicats dépouillent leur armure ;
Sa robe flotte au loin avec un doux murmure ;
Sur ses ailes de feu soutenu dans les airs,
Il en va parcourir les immenses déserts ;
De son pied dédaigneux il effleure la poudre,
Et ses brûlans regards brillent comme la foudre.
Jeanne frémit, chancelle et tombe à ses genoux :
« Ange du Tout-Puissant, veillez toujours sur nous ;
« Quoi ! vous avez daigné sous une forme humaine

« Abandonner pour moi le céleste domaine ;

« Écarter les périls, détourner le trépas,

« Et jusques en ces lieux guider mes faibles pas ! »

Mais l'ange lui répond : « Jeanne, l'heure est venue ;

« Lève-toi, de Chinon prends la route connue,

« Là tu verras ton Roi plongé dans les plaisirs ;

« Parle, et tout va céder au gré de tes désirs.

« Mais songe à mes conseils ; hélas ! en traits de flamme

« Que ne puis-je à jamais les graver dans ton âme !

« Oui, si tu dois un jour perdre ce souvenir

« Je ne vois plus pour toi qu'un funeste avenir.

« Mais je revole au sein de la béatitude ;

« Toi, fixe de ton cœur la vague incertitude.

« C'est moi qui désormais dicterai tes discours ;

« Adieu, séparons-nous : compte sur mon secours. »

L'œil et le front baissés Jeanne écoute en silence ;

Le messager divin dans les airs se balance ;

Puis au plus haut des cieux s'élançant comme un trait

Dans un vaste nuage il plonge et disparaît.

Jeanne aux murs de Chinon vole d'un pas rapide,

Convoque les guerriers, et d'un air intrépide :

« Conduisez-moi, dit-elle, auprès de votre Roi :
« Ne me refusez point, bannissez tout effroi,
« Ou du moins, sans tarder, portez-lui la nouvelle
« D'un important secret qu'il faut que je révèle. »
Jusqu'au prince indolent la rumeur en courut,
Et Jeanne, par son ordre, à ses yeux comparut.

De guirlandes de fleurs la salle était ornée ;
Ainsi qu'un jeune époux au jour de l'hyménée,
Charles, qui dans l'ivresse avait plongé ses sens,
Savourait de l'amour les charmes ravissans.
Une voix redisait l'allégorique histoire
Du héros fabuleux qu'illustra la victoire,
Et qu'on vit aux genoux d'une faible beauté
Déposer le présent de son cœur indompté.
« O Roi ! le Tout-Puissant prend pitié de la France,
« Il en veut, par mon bras, terminer la souffrance ;
« Quand je viens te l'offrir accepte mon secours,
« Et n'en crois pas, d'ailleurs, d'inutiles discours.
« Au mépris des dangers, au mépris des alarmes,
« Du farouche Bedfort j'ai dérobé les armes ;
« Je les pose à tes pieds. » Le prince en ce moment

Retrouve de l'honneur le premier sentiment.
Déjà la coupe échappe à sa main languissante,
Il voit tomber partout la rose pâlissante ;
Son oreille insensible entend les doux concerts
Et le baume embrasé parfume en vain les airs.

Charles veut, dès ce jour, rassemblant ses armées,
Marcher et secourir nos villes alarmées.
Tel autrefois couvert d'un habit emprunté
Achille languissait dans son obscurité,
Et traînant dans les cours sa vie efféminée
Cachait à l'univers sa haute destinée.
Un casque, un bouclier, des dards lui sont offerts,
Soudain de la mollesse il a brisé les fers,
Il quitte sa parure et couvert de ses armes,
Appelle les combats et s'élance aux alarmes.
Ainsi Charle, enflammé d'une nouvelle ardeur,
Se livre tout entier aux soins de sa grandeur.
« Jeanne, si l'Éternel et t'inspire et t'envoie
« Vers des succès nouveaux nous préparer la voie,
« Dit-il, à tes conseils s'il faut m'abandonner,
« Quelle preuve certaine en pourras-tu donner ?

« Invoque le Très-Haut, il répondra : que dis-je ?

« Fais à mes yeux surpris éclater un prodige.

« — Ne perdons point le temps en frivoles propos ;

« Vers les murs assiégés transportons nos drapeaux,

« Là tu verras le ciel accomplir ses oracles

« Et le bras d'une femme opérer des miracles. »

Elle dit, et son front de feux environné,

Effaçait en éclat le prince couronné.

De sa bruyante voix l'agile renommée

A déjà publié qu'une nouvelle armée

Va bientôt d'Orléans secourir les remparts.

Les soldats empressés volent de toutes parts ;

L'habitant du hameau déserte pour la guerre

Les vallons et les champs qu'il cultivait naguère ;

En un glaive soudain le soc est transformé ;

D'un vaste bouclier le pasteur est armé.

Le jeune villageois, échappé de l'enfance,

Veut aussi de l'État embrasser la défense :

« Jamais la mort, dit-il, ne m'inspira d'effroi.

« Je prétends affranchir ma patrie et mon Roi. »

A marcher au trépas aussitôt il s'apprête ;

Sa mère, en souriant, le saisit et l'arrête.

L'un de harnais nouveaux décore son coursier ;

L'autre ajuste à ses flancs sa cuirasse d'acier.

Partout le fer rougit dans la fournaise ardente ;

J'entends crier l'airain sous la lime mordante,

Et sous les lourds marteaux l'enclume résonner ;

Le docile métal se laisse façonner.

L'arbrisseau verdoyant qui dans l'air se balance,

Au bras qui l'a frappé va fournir une lance ;

Tous enfin, adonnés à ces nobles travaux,

S'arment pour la patrie, et contre ses rivaux.

La gloire les appelle, et sa flamme invincible

Embrase en cet instant le cœur le moins sensible.

Mais je vois nos Français former leurs bataillons,

Et s'avancer en ordre à travers les sillons ;

Je vois de tous côtés les enseignes flottantes

Dérouler aux regards leurs couleurs éclatantes.

Jeanne, qui des guerriers va diriger les pas,

Contemple ces apprêts, et ne s'ébranle pas.

Déjà de son armure elle avance chargée ;

D'un casque panaché sa tête est ombragée ;

Il couvre ce beau front qu'en de plus heureux temps
Elle aimait à parer des roses du printemps :
Son sein, qu'un doux tissu dessinait avec grâce,
Palpite sous le fer d'une épaisse cuirasse.
Naguère sur les fleurs elle errait à pas lents,
Aujourd'hui d'un coursier elle presse les flancs.
Sa main ne porte plus la houlette légère ;
Non, tout est oublié, Jeanne n'est plus bergère ;
Vers les murs d'Orléans tendent tous ses désirs ;
Jeanne au sein des combats va chercher ses plaisirs.
Ainsi, jeune David, quand ton bras redoutable
Causait de Goliath la chute épouvantable,
Des monts de Bethléem tu fuyais les hauteurs,
Qu'habitait avec toi la troupe des pasteurs.

Le moment approchait de voler aux alarmes.
Héroïne, d'où vient que ton bras est sans armes,
Tandis que dans les rangs tu vois chaque guerrier
Agiter à grands cris son glaive meurtrier ?
Sous un temple voisin, d'orgueilleuse structure,
Repose de Martel l'antique sépulture ;
Vers ces noirs souterrains, l'asile du trépas,

Une troupe d'élite a dirigé ses pas.

Déjà, par cent détours, de la demeure sainte

Les guerriers incertains ont parcouru l'enceinte :

Ils cherchent du héros le glaive redouté,

Que depuis huit cents ans la rouille a respecté.

Il doit armer un bras fécond en funérailles,

Le bras qui d'Orléans va sauver les murailles.

A ce glaive fatal, et si long-temps caché,

Le destin de la France est, dit-on, attaché.

Sous les pieds des soldats un cri soudain s'élève :

« Arrêtez ! c'est ici qu'il faut chercher ce glaive,

« L'effroi des ennemis et l'appui des vainqueurs. »

La crainte, à ce discours, a glacé tous les cœurs.

On se tait, on hésite, et, du sein de la tombe,

La voix de voûte en voûte au loin roule et retombe.

Mais la pierre a jailli sous les coups redoublés,

Et du séjour de paix les échos sont troublés.

Le cercueil est ouvert, on retrouve la cendre

Du héros qu'en ces lieux le trépas fit descendre ;

Un linceul en lambeaux, et ce fer menaçant,

Ce fer qui tant de fois s'est enivré de sang,

Et qui doit, sur les bords de la Loire asservie,

Arracher aux Anglais leur conquête et la vie.
On l'emporte en fuyant de ce sombre séjour,
Et les soldats, rendus à la clarté du jour,
Au Roi de l'univers adressent leurs cantiques,
Et du temple sacré désertent les portiques.

A peine elle aperçoit ce glaive précieux
Jeanne dans ses transports lève les bras aux cieux.
On approche ; déjà l'héroïne intrépide
Au-devant des guerriers volant d'un pas rapide,
Du fer qu'on lui présente arme sa faible main ;
A l'armée attentive elle ouvre le chemin.
« Vous qui partagerez mes périls et ma gloire,
« Suivez-moi, compagnons, jusqu'aux bords de la Loire.
« Indignement chassé du trône de nos Rois,
« Charles voit les Anglais disposer de ses droits !
« Tous ses maux vont finir, et le Dieu des armées
« M'ordonne d'affranchir nos cités opprimées ;
« Hé bien ! il faut au nombre opposer la valeur.
« Que craignez-vous encor ? Déjà notre malheur
« A désarmé du ciel la colère obstinée ;
« Allons, et de l'État changeons la destinée.

« Dieu veille sur vos jours ; secondez mon courroux ,
« Et bientôt l'ennemi tombera sous nos coups. »

Charles fait à l'instant déployer l'oriflamme ;
Le cœur de nos héros à cet aspect s'enflamme.
Voyez-vous s'ébranler ces nombreux bataillons ?
La poudre sous leurs pas s'élève en tourbillons.
Déjà dans tous les rangs court un bruyant murmure ;
Le monarque français couvert de son armure
S'avance le premier au-devant du trépas.
Jeanne, le fer en main, accompagne ses pas :
Des braves chevaliers l'escorte l'environne.
Allez jeune héroïne, allez, vengeurs du trône ,
C'est à vous, à vous seuls, de laver nos affronts ;
Combattez, les lauriers n'attendent que vos fronts.

CHANT QUATRIÈME.

Au centre de la terre où des feux dévorans
Sous mille antres obscurs bouillonnent par torrens,
Durant l'éternité Satan et ses complices
Expiaient leur révolte au milieu des supplices.
Satan de qui le front rayonnant de clarté
Jadis des chérubins éclipsait la beauté,
Hélas! est maintenant plongé dans les ténèbres.
Il exhale sa rage en hurlemens funèbres.
Tout à coup il s'élance et franchit de l'enfer
Les vastes corridors et les portes de fer.
C'est lui qui des Anglais anime le courage.
De sa propre fureur il contemple l'ouvrage;
Il s'applaudit : soudain planant du haut des cieux
L'archange du Seigneur se présente à ses yeux.
Satan voit son vainqueur, et contemple sans crainte
L'auguste majesté sur son visage empreinte;
Il le voit aux Français prodiguant ses secours.

Alors à ses transports donnant un libre cours :

« Quoi ! je verrai, dit-il, ce rival que j'affronte

« Par un nouveau triomphe insulter à ma honte ;

« Non, s'il m'a pu chasser du céleste séjour

« Je veux de mon rival triompher en ce jour.

« Et vous, si l'Éternel à vos desseins propice

« Daigne enfin sous vos pas combler le précipice,

« Tremblez, Français ; je puis déchaîner les enfers

« Et sur vos bras captifs appesantir les fers. »

Il dit, et se berçant d'une attente frivole,

Vers le camp des Anglais aussitôt il s'envole ;

Mais sa seule présence eût inspiré l'horreur.

Il le sait, et joignant la ruse à la fureur

Il se montre aux guerriers sous sa forme première,

Et chacun croit entendre un ange de lumière :

« Ah ! sortez, leur dit-il, d'un coupable repos,

« Les Français vers ces murs transportent leurs drapeaux

« Amis, sur vos périls c'est Dieu qui vous éclaire. »

Il disparaît. Bedfort a pâli de colère ;

Dans le camp tout s'agite, et l'Esprit infernal

De la charge lui-même a donné le signal.

Mais le Français accourt, on entend dans la plaine
Et les pieds des chevaux et leur bruyante haleine,
Enfin avec fureur l'un et l'autre parti
S'élancent; de leur choc le ciel a retenti,
Et la voix des vainqueurs et le fracas des armes
Et les cris des mourans redoublent les alarmes.
Comme on voit dans les airs deux nuages brûlans,
Qui portent la terreur et la mort dans leurs flancs,
Se heurter à grand bruit; ils se brisent; la foudre
Terrasse les forêts, réduit les rocs en poudre,
Frappe les monumens; sous leurs toits embrasés
Les malheureux mortels expirent écrasés :
Ainsi près d'Orléans combattent les armées
Par amour du triomphe au carnage animées.
D'illustres chevaliers de mille coups percés
Sous les pieds des chevaux sont déjà renversés.
Déjà brille partout l'horrible cimeterre;
Les casques sont brisés, le sang rougit la terre.
Clisson frappe d'abord le malheureux Seymour,
Favori de la gloire ainsi que de l'amour,
Et qui naguère, hélas! par un doux hyménée
A l'objet de ses vœux unit sa destinée;

Frappé d'un coup mortel il tombe, et ses beaux yeux
Se ferment sans retour à la clarté des cieux.
Pour venger son ami Gilfort en vain s'élance,
Contre cent boucliers il fatigue sa lance;
Abandonné des siens, cerné de toute part,
De sa valeur encore il se fait un rempart.
Tel on voit un rocher dans l'horrible tourmente
Résister aux efforts de la mer écumante;
Il lève un front paisible, et les flots courroucés
Avec un long fracas sont au loin repoussés.
Bientôt impatient du danger qui l'obsède
L'intrépide Gilfort court, vole.... tout lui cède;
Anderson l'accompagne, et son glaive inhumain
A travers les Français s'ouvre un sanglant chemin :
Ils marchent; la fureur dans leurs yeux étincelle;
Tu meurs, brave Gontauld; Rambert, ton sang ruisselle;
Rodolphe, qui voulait s'opposer à leurs pas,
En cherchant la victoire a trouvé le trépas.
Ralègue, devant toi Cumberland se présente,
Et tombe sous les coups de ta hache pesante.

Talbot semait partout le carnage et l'effroi.

Il aperçoit de loin le bouillant Godefroi
Qui de sang tout couvert et frémissant de rage
Contre nos ennemis signalait son courage.
L'impétueux Talbot s'élance, et le premier
De son jeune rival fracasse le cimier ;
Son fer vole en éclats, Godefroi sur sa tête
De mille coups affreux fait pleuvoir la tempête.
Talbot a pris la fuite, et des Anglais surpris
L'horreur et l'épouvante ont glacé les esprits.
Godefroi le poursuit dans sa course rapide :
« Le voilà, criait-il, ce héros intrépide !
« Je l'ai vaincu ; Français, ne le voyez-vous pas?
« La crainte de la mort précipite ses pas. »
Imprudent Godefroi! Talbot est sans défense ;
Il peut s'armer encore et venger son offense.
Talbot, même en fuyant, conserve sa vertu.
Par ce premier revers serait-il abattu ?
Regarde, c'est lui-même, il vient, un cri s'élève,
D'un Français expirant il a saisi le glaive ;
En vain mille guerriers se jettent devant lui,
Godefroi, c'en est fait, ton dernier jour a lui.
Tu tombes, d'un sang noir ton armure est baignée,

De ton glaive brisé tu serres la poignée,

Ton âme en gémissant s'échappe vers les cieux,

Et l'Anglais foule aux pieds ton front audacieux.

Enfin du haut des murs ces foudres enflammées

Qui fracassent les tours, terrassent les armées,

Lancent avec le fer mille feux dévorans

Et des Anglais meurtris éclaircissent les rangs.

Tel autrefois l'Etna semait les funérailles

Et le long de ses flancs vomissait ses entrailles.

L'Anglais a réuni ses bataillons épars,

Les corps amoncelés leur servent de remparts.

La discorde quittant le séjour des ténèbres

Couvre les camps rivaux de ses ailes funèbres.

Le farouche soldat au carnage livré

S'abreuve encor du sang dont il est enivré,

Et toujours entraîné par un affreux courage

Poursuit les malheureux échappés à sa rage.

Chandos vole à travers le tumulte et les cris ;

Sur son front sillonné ses exploits sont écrits.

Son père avec son sang lui transmit sa vaillance ;

Unique et digne fruit d'une illustre alliance,

Le héros, ferme encor sous le fardeau des ans,

Rougit de sang français ses cheveux blanchissans.

Chacun de ses honneurs fut le prix d'un service.

Et toi, jeune Raymond, toi dont la main novice

Repousse tour à tour ou porte le trépas,

Compagnon de Chandos, tu marches sur ses pas.

Ta mère à sa vertu confia ton enfance,

Il dirige tes coups, il veille à ta défense.

Ainsi les rois des airs instruisent leurs aiglons

A diriger leur vol contre les aquilons.

Quand des mains de Dunois s'échappe un trait rapide,

Chandos en est atteint; le vieillard intrépide

Tombe, et tirant le fer en son cœur arrêté

Il expire en mordant le sol ensanglanté.

Comme un taureau vaincu loin de son pâturage

Aiguise sur un tronc ses cornes et sa rage,

Écume de fureur, bondit en mugissant,

Et porte mille coups à son rival absent;

Le fidèle Raymond, que la vengeance enflamme,

Exhale le courroux concentré dans son âme;

De son vaste pavois fait jaillir les éclairs,

Mais de ses traits perdus ne frappe que les airs.

Cependant Richemont, et Lahire et Saintrailles,
Et ceux qui d'Orléans défendent les murailles,
Secondent nos Français ; mille dards inhumains
S'échappent en sifflant de leurs terribles mains ;
Graville de Brémort défiant la vaillance,
Et malgré sa cuirasse atteint d'un coup de lance,
Tombe, mais dans sa chute il entraîne Brémort ;
Et c'est en la donnant qu'il a reçu la mort.
Son coursier, à ses lois si fier de se soumettre,
S'approche lentement et pleure sur son maître.
On entend retentir les tubes meurtriers ;
La mort, la faux en main, moissonne les guerriers.

Mais pourquoi ces clameurs ? C'est Charles qui s'avance ;
Le ravage le suit, la terreur le devance.
Voyez vous ces soldats expirer en monceaux
Et le sang autour d'eux couler en longs ruisseaux ?
Dildo roule frappé d'un coup de cimeterre ;
Lussé, ton vaste corps a mesuré la terre.
Deux frères, deux héros, Suffort et Glacidas
Au monarque français opposent leurs soldats.
Frères infortunés vous naquîtes ensemble ;

Au milieu des dangers l'amitié vous rassemble.
Faut-il qu'un même jour vous voie aussi mourir!
Ah! plutôt arrêtez! où voulez-vous courir?
Voyez ces corps meurtris et ces membres livides,
La mort sur vous peut-être étend ses mains avides.
Mais que dis-je? Tous deux par la fougue emportés
Fondent sur le monarque à pas précipités.
Charles plonge en leur sein sa redoutable épée,
Dans le sang des Anglais à tout moment trempée.
Suffort et Glacidas, l'un sur l'autre expirans,
Font retentir les airs de leurs cris déchirans;
Ils meurent. Tout à coup la vengeance et la rage
Des ennemis tremblans raniment le courage;
Le Roi de tous côtés rencontre le trépas,
Les bataillons armés environnent ses pas.
Mille traits à la fois pleuvant sur son armure
Retombent émoussés avec un vain murmure.
Mais enfin il chancelle, et près de succomber,
Aux fers qu'on lui prépare il veut se dérober.
Inutiles efforts! en ce moment funeste
Il implore le ciel, seul appui qui lui reste:
« Dieu! prends enfin pitié des maux où tu me vois! »

Ses vœux sont exaucés ; Jeanne accourt à sa voix,
Elle accourt, et saisi d'une frayeur mortelle
Tout le camp se disperse en fuyant devant elle.
Soudain vous eussiez vu soldats et chevaliers
Jeter leurs étendards, jeter leurs boucliers.
Bedfort, qui voit des siens la honteuse retraite,
S'oppose à leur passage et d'un mot les arrête :
« O ciel ! où fuyez-vous, trop indignes amis ?
« C'est là qu'il faut marcher ; là sont les ennemis :
« Suivez-moi. » Ce discours au combat les ramène ;
Satan souffle en leurs cœurs sa fureur inhumaine.
Le monstre ! il aime à voir les humains s'égorger,
Dans les flots de leur sang il aime à se plonger.
Mais en vain il prétend que la France avilie
Sous le joug des Anglais se courbe et s'humilie ;
Bientôt il les verra tomber à vos genoux,
Français, vous savez vaincre, et Dieu combat pour nous.

Pourrai-je cependant retracer les ravages
Qui du fleuve voisin désolent les rivages ?
Au bruit retentissant des clairons belliqueux
S'avancent les Français et la mort avec eux.

Mille corps mutilés ont roulé dans les ondes,

Et la Loire en frémit dans ses grottes profondes.

Entendez-vous hennir le superbe coursier,

L'acier retentissant se briser sur l'acier,

Et du bronze enflammé les bouches meurtrières

Foudroyer à grand bruit les cohortes guerrières?

Arrachés et repris, les drapeaux dans les rangs

Forment d'un seul combat cent combats différens.

De l'héroïne enfin la valeur indomptée

Repousse des Anglais la foule épouvantée.

L'ange exterminateur couvre nos étendards,

Il conduit nos guerriers, il dirige leurs dards.

Comme un torrent fougueux du sommet des montagnes

S'élance en mugissant sur les vertes campagnes,

Roule, bondit, écume ; ainsi de tous côtés

Les bataillons anglais courent épouvantés.

Mais d'un brillant succès la trompeuse apparence

Nous faisait concevoir une vaine espérance ;

Satan épouvanté pousse un cri dans les airs ,

Il fait gronder la foudre et jaillir les éclairs.

Une profonde nuit se répand sur la plaine ;

Des aquilons bruyans l'impétueuse haleine
Siffle, rase la terre, et les noirs tourbillons
De Jeanne et de Bedfort couvrent les bataillons.
Dans ce tumulte affreux que l'orage a fait naître
Vainement les guerriers veulent se reconnaître ;
Charles ne voit partout que des rangs confondus,
Et ses cris impuissans ne sont point entendus.
Ainsi quand les humains dans ces plaines fécondes
Que le rapide Euphrate arrose de ses ondes
De crainte que leur nom ne pérît sans retour
Élevaient jusqu'aux cieux une orgueilleuse tour,
Dieu se rit en passant de leurs projets futiles ;
Il voit, avec pitié, leurs efforts inutiles,
Et, troublant les discours de ses faibles rivaux,
Les contraint, pour jamais, à quitter leurs travaux.

CHANT CINQUIÈME.

Le calme enfin succède à ce bruit redoutable;
Du tonnerre lointain la voix épouvantable
Expire.... Des torrens et de larges ruisseaux
Dans les creux des vallons précipitent leurs eaux.
Le Dieu qui dans ses mains tient le destin des hommes
Laisse tomber les yeux sur la terre où nous sommes;
Sous les murs d'Orléans il voit de toutes parts
Des corps et des débris dans la poussière épars;
Il voit des deux partis la fureur homicide,
Et de leur sort douteux sa prudence décide.
Dieu l'a dit; les Français retranchés dans leurs forts
Sauront des ennemis repousser les efforts.
Jeanne doit d'Orléans affranchir les murailles;
Mais dans ces champs fameux par tant de funérailles ,
Sur ces bords où l'honneur semble enchaîner leurs pas,
Que de héros encor trouveront le trépas!

Des chefs et des soldats les clameurs se confondent,
Et des bois d'alentour les échos leur répondent ;
Déjà nos étendards flottent au gré des vents,
Les drapeaux étrangers roulent leurs plis mouvans,
Le cliquetis du fer et le son des armures
Dans les airs ébranlés forment de longs murmures,
Et le soleil frappant les glaives meurtriers,
De leur mobile éclat éblouit les guerriers.
Les accens du clairon, le tumulte des armes
Dans les murs d'Orléans éveillent les alarmes.
D'un côté, nos Français leurs lances à la main
Aux Anglais fugitifs ont fermé le chemin ;
De l'autre Richemont et ses braves cohortes
De la ville assiégée environnent les portes.
Enfin réunissant ses bataillons vainqueurs
Charle attise le feu qui brûle dans leurs cœurs :
« Soutenez, leur dit-il, votre vertu guerrière ;
« La mort est devant vous, mais la honte est derrière ;
« C'est moi qui vous conduis, voici l'Anglais, courons ;
« Ou nous vaincrons, amis, ou vaincus nous mourrons. »
Comme on voit deux torrens sur les plaines fécondes
De deux monts opposés précipiter leurs ondes,

Et noyer sans retour l'espoir du laboureur,

Ainsi les camps rivaux poussés par la fureur

L'un sur l'autre à grand bruit au même instant s'élancent,

Les dards, les boucliers dans les airs se balancent.

Gaston, se signalant au milieu du combat,

Faisait fuir l'ennemi quand son coursier s'abat.

Les Anglais sur lui seul vont assouvir leur rage;

Mais le héros au nombre oppose le courage,

Et de son corps sanglant couvre son étendard.

Après de longs efforts Gaston, frappé d'un dard,

Chancelle; à ses regards la lumière est ravie;

Vomissant à la fois et son sang et sa vie,

Il tombe, heureux encor de tomber étendu

Sur le drapeau sacré qu'il avait défendu.

Mais ce vaillant héros à son heure dernière

Remet à Montpensier le soin de sa bannière:

« Par d'indignes regrets ne vas pas m'outrager,

« Dit-il; combats, triomphe et songe à me venger.

« Sur le front du monarque affermis la couronne,

« Écarte le péril qui déjà t'environne;

« Adieu. » Dans ce moment le fougueux Montpensier

Presse de l'éperon le flanc de son coursier,

Et tandis que tout cède à son bras invincible,
Aux coups des ennemis il reste inaccessible.
De l'étendard français son bras victorieux
Agite dans les airs les lambeaux glorieux;
Armés de javelots qu'en leurs mains ils brandissent,
A ce beau dévoûment les soldats applaudissent;
Sur les pas du héros ils volent, trop heureux
De défendre leurs Rois ou de mourir pour eux.

O brave Marigny, digne du nom d'Alcide,
Mortellement atteint d'une flèche homicide,
Tu tombes.... Je te vois tout poudreux et mourant,
Par ton fougueux coursier traîné de rang en rang,
Te débattre et bondir de douleur et de rage.
Contre un coup imprévu de quoi sert le courage!
Mais le lâche Duncan, auteur de ton trépas,
Au fer de Montpensier ne se soustraira pas;
Atteint du trait mortel que darde une main sûre,
Il succombe; un sang noir coule de sa blessure.
Et toi qui renversas l'infortuné Gaston,
Toi, l'appui des Anglais, intrépide Egerton,
Tu meurs, et c'est en vain que ta voix affaiblie

Implore les secours du soldat qui t'oublie.

Vomis avec fracas par cent bouches d'airain ,

Les rapides boulets qui rasent le terrain ,

Parmi des tourbillons de feux et de fumée ,

Renversent à la fois et les chefs et l'armée ;

Sur les corps des mourans on s'avance à grands pas ;

Chacun veut recevoir ou donner le trépas.

O superbe Orléans ! ô rives de la Loire !

Témoins de nos malheurs comme de notre gloire ,

Combien vous avez vu de soldats inhumains

De meurtre et de carnage ensanglanter leurs mains !

Et combien de héros privés de funérailles

Tombèrent sans honneur au pied de nos murailles !

Jeanne, qui de son Roi seconde la fureur,

Vole et sème partout l'épouvante et l'horreur ;

De ses longs cheveux noirs les tresses vagabondes

Flottent au gré des vents et déroulent leurs ondes ;

Les rapides éclairs de ses yeux enflammés

Font fuir confusément les bataillons armés.

Au-devant des périls l'effroi les précipite ,

Déjà maint combattant dans la poudre palpite ;

Tel quittant le sommet de ses rochers déserts,

L'aigle vengeur poursuit les habitans des airs,

Qui, fuyant à grands cris sa colère implacable,

Ne peuvent éviter l'oiseau qui les accable.

Mais bientôt rappelant le courage en son cœur,

Le vaincu sous ses coups fait tomber le vainqueur,

Et Richard le premier se retourne et s'élance

Sur le brave Montfort, qu'il presse de sa lance.

Il fuit, et le héros sur la terre étendu,

Dans la foule des morts est déjà confondu.

Renaud à cet aspect s'enflamme de colère :

« Richard, ton noble exploit recevra son salaire »,

Dit-il, et de ses mains un trait part en sifflant;

Du vainqueur de Montfort il va percer le flanc.

Glamis le voit tomber; une ardeur de vengeance

A de ces deux rivaux rompu l'intelligence;

Mais Richard va périr, et Glamis a frémi.

Un reste de pitié pour son ancien ami

Se réveille en son cœur, et d'un bras intrépide

Il le saisit, l'emporte, et fuit d'un pas rapide.

Il triomphait.... hélas! plus vite que l'éclair,

Un javelot fatal vole et frémit dans l'air,

Et du jeune Glamis va briser la cuirasse.

Son sang, à gros bouillons, se répand sur sa trace;

Le guerrier s'arme encor d'un courage impuissant;

Il poursuit, il chancelle, et tombe en gémissant.

Telle une tendre fleur languit décolorée.

Mais cédant aux transports de son âme éplorée,

Richard tient dans ses bras ce corps inanimé :

« Trop malheureux Glamis, oui, tu m'as trop aimé;

« Ta générosité m'a conservé la vie,

« Faut-il qu'en ce moment elle te soit ravie ?

« Richard du moins, Richard ne te survivra pas;

« Dans la nuit de la mort je marche sur tes pas... »

Il se frappe, et soudain, dans un baiser de flamme,

Sur le front de Glamis il dépose son âme.

Puisse un même tombeau les recevoir tous deux !

Les chefs et les soldats arrêtés autour d'eux,

Et muets au milieu du tumulte des armes,

Regardent ces amis, et confondent leurs larmes.

On combat cependant, et du vaillant Bedfort

L'intrépide Talbot vient seconder l'effort.

Comme des noirs autans l'impétueuse haleine

Renverse les épis sur la fertile plaine,

Tels, foulant à leurs pieds les guerriers expirans,

Bedfort et son ami faisaient plier les rangs.

Dans les flots de son sang Gaucourt tombe et se traîne;

Mailly, percé de coups, se débat sur l'arène;

Talbot, le front couvert de son casque d'airain,

Aux fureurs de l'orage oppose un front serein.

Il enivre de sang sa redoutable épée;

En vain de mille traits sa cuirasse est frappée,

Il marche, il court, il vole, et les traits repoussés,

Aux pieds de ce héros retombent émoussés.

Partout on aperçoit la mort et les alarmes;

Les cris des combattans, le choc affreux des armes,

Du clairon belliqueux les terribles accords

Se mêlent dans les airs, on foule aux pieds les corps;

On s'évite, on se presse, on tombe, on se relève,

Et le glaive en éclats jaillit contre le glaive.

Les Français jusqu'alors dans leur poste affermis

Reculent à grands pas devant leurs ennemis.

Talbot à leur défaite ose ajouter l'outrage;

Mais Jeanne dans les cœurs souffle sa noble rage;

Jaloux de la servir, son coursier courageux
Fait jaillir sous ses pieds un sang noir et fangeux.
Elle-même, cédant au courroux qui l'enflamme,
Dans les rangs des Anglais a lancé l'oriflamme;
Chacun frémit de honte, et par un prompt retour
Tombe sur l'ennemi qu'il fait fuir à son tour.
Le bruit tumultueux des collines prochaines,
Quand les fougueux autans s'engouffrent dans les chênes
Ou sur les flots émus roulent leurs tourbillons,
N'égale point encor le bruit des bataillons.

Charles poursuit Bedfort, qu'il presse de sa lance;
Satan voit le danger, il frémit, il s'élance;
Du monarque français il égare les pas,
Et, tandis que Bedfort se dérobe au trépas,
Il emprunte l'armure et la voix du grand homme,
Et Charles de ses traits frappe le vain fantôme:
« Arrête, criait-il; viens, Bedfort; où fuis-tu?
« Viens contre ton rival signaler ta vertu.
« Quoi! le brave Bedfort connaît aussi la crainte! »
Il dit, et sur son front la fureur est empreinte,
Mais bientôt égaré dans un sentier trompeur

Charles n'aperçoit plus qu'une sombre vapeur.
De l'esprit infernal il reconnaît l'ouvrage,
Et tourne contre lui son impuissante rage.

Lancés du haut des murs ou du pied des remparts,
Mille traits cependant volent de toutes parts.
Les coursiers effrayés dans ce tumulte horrible
Par leurs hennissemens le rendent plus terrible.
L'impétueux Gilfort vole de rang en rang,
Et ranime des siens le courage expirant;
Puis l'échelle à la main et frappant de son glaive,
Vers les tours d'Orléans il s'avance, il s'élève,
Il triomphe.... Dunois, qui le voit approcher,
Lui lance avec effort un éclat de rocher,
Et sur ses compagnons le renverse sans vie.
Tout tremble au bruit affreux dont sa chute est suivie;
Tels on vit autrefois dans leur rébellion
Les Titans entasser Ossa sur Pélion,
Et le maître des dieux lançant contre eux sa foudre,
Percer leurs vastes corps étendus sur la poudre.
Mais Talbot à travers les débris en monceaux
Marche vers Orléans, redouble les assauts.

Bedfort, pour seconder un si noble courage,
Retrouve tout à coup sa vigueur et sa rage.
Aldestan les précède, hélas! et ne sait pas
Que braver Richemont c'est s'offrir au trépas.
Imprudent! contre lui ta lance est dirigée,
Mais déjà dans ton sein la sienne s'est plongée;
Je te vois, écrasé sous les pieds des chevaux,
Perdre en un jour le prix de dix ans de travaux.

Les murs sont ébranlés, l'éclair luit, l'airain tonne,
Mais le fougueux Talbot, que nul danger n'étonne,
Par de nouveaux exploits veut effacer l'affront
Qui des Anglais vaincus a fait rougir le front.
Il combat... Cependant l'impétueux Saintrailles
D'Orléans tout à coup déserte les murailles;
Mille jeunes héros s'élancent sur ses pas,
Une mort glorieuse a pour eux trop d'appas.
Aussi prompts qu'un torrent ils roulent... et les portes
Vomissent à longs flots de bruyantes cohortes.
Dans l'ardeur du combat au milieu des clameurs,
Percé d'un javelot, brave Coucy, tu meurs;

Ton cadavre sanglant a roulé sur le sable,
On meurtrit sans pitié ton front méconnaissable.

Mais Talbot excitant son noble palefroi,
Dans les rangs des Français vient répandre l'effroi.
Les chevaux sous leurs pas soulèvent la poussière,
Le jour est obscurci d'une vapeur grossière;
Après de vains efforts Saintrailles rebuté
Recule et cède un champ trop long-temps disputé.
Ainsi dans les déserts un lion indomptable,
Que presse des chasseurs la troupe redoutable,
Tout près de succomber, mais encor menaçant,
Devant ses ennemis recule en rugissant;
Ses regards enflammés de fureur étincellent,
De sang et de sueur tous ses membres ruissellent;
Mais il fuit, et caché dans ses antres secrets,
De ses longs hurlemens ébranle les forêts.
Talbot cède toujours au torrent qui l'emporte,
Et déjà d'Orléans il a franchi la porte.
La foudre retentit; les Anglais foudroyés,
A l'aspect de la mort reculent effrayés.
Soudain par les Français la porte est refermée,

Et seul le grand Talbot lutte contre une armée.
Couvert, de son pavois il pare sans terreur
Les redoutables coups des soldats en fureur ;
Que dis-je ? sous son bras le Français tombe ou plie.
Sur les corps palpitans dont la route est remplie,
Malgré les javelots pleuvant de toutes parts,
Talbot impétueux vole vers les remparts,
Et loin de son coursier, dans les flots de la Loire,
S'élance tout couvert et de sang et de gloire.

Au tumulte succède un silence profond ;
Talbot a disparu sous l'abîme sans fond ;
On observe, on attend, on l'aperçoit.... il nage,
Pâle et fumant encor des vapeurs du carnage.
Replongeant mille fois, par cent détours secrets,
Des héros d'Orléans il évite les traits ;
On l'appelle au rivage, et l'onde qu'il sillonne,
En flocons écumeux roule, frémit, bouillonne ;
Il aborde.... La nuit jetant son voile épais
Parmi les combattans a ramené la paix ;
Tout ressent du sommeil la douce violence,
Et sur le monde entier plane un vaste silence.

CHANT SIXIÈME.

Sur les pas de Bedfort le monarque emporté
Errait depuis long-temps dans un bois écarté;
L'air était calme et pur, et dans les cieux moins sombres
La lune, en s'élevant, éclaircissait les ombres.
Il attend, pour quitter ce lugubre séjour,
Que la nuit ait fait place aux premiers feux du jour.
Mais enfin du soleil la jeune avant-courrière
Ouvre de l'horizon la brillante barrière,
Et le pâtre joyeux, à l'abri des ormeaux,
Fait retentir les sons de ses doux chalumeaux.

Sur le naissant émail d'une verte prairie
Charles va promenant sa triste rêverie,
Contemple les vergers et les fruits et les fleurs
Qu'en souriant l'aurore a baignés de ses pleurs,

Et le roi des saisons, dans sa splendeur première,
Répandant à grands flots sa féconde lumière.
Dans la sombre épaisseur d'un bosquet toujours vert
Il découvre un réduit que le chaume a couvert.
C'est là que bannissant une crainte importune,
Pauvre, mais satisfait de son humble fortune,
Un vieillard, oublié des superbes humains,
Moissonne les guérets cultivés par ses mains.
Sa fille, ses deux fils, peuplent sa solitude,
Et l'aimable vertu fait leur unique étude.
L'une, de sa toison déchargeant la brebis,
Chante auprès de son père et file ses habits;
Les autres, enfoncés dans les moissons nouvelles,
Sous le tranchant du fer font tomber les javelles.
Sur ces bords enchantés, dans ces rians vallons,
Zéphyr ne lutte point contre les aquilons.
Tout charme, tout ravit; des fleurs toujours écloses,
Le parfum du jasmin, de l'œillet et des roses,
Et le bruit du feuillage, et le chant des oiseaux,
Mêlés confusément au murmure des eaux.
Il semble que le ciel sur ce terrain fertile
Se plaise à réunir l'agréable à l'utile.

Charles va parcourant de tortueux sentiers
Que les chênes épais ombragent tout entiers.
Le laboureur se trouble à l'aspect de ces armes :
« Vénérable vieillard, bannissez vos alarmes ;
« Je ne veux que jouir d'un instant de repos,
« Dit Charle, et sans tarder rejoindre mes drapeaux.
« Fatale aux ennemis, croyez-moi, cette épée,
« Du sang des laboureurs ne fut jamais trempée.
« — Ami, dit le vieillard, touché de ce discours,
« D'un mortel généreux acceptez les secours.
« Jouissez des présens qu'ici l'agriculture
« Sans beaucoup de travail obtient de la nature. »
Ensemble ils vont s'asseoir au pied des arbrisseaux
Dont les bras recourbés s'unissent en berceaux.
Sur les gazons fleuris une claire fontaine
Murmure en serpentant dans sa course incertaine.
Le repas est servi sans éclat et sans frais ;
Les raisins étalés sur un feuillage frais,
Tous les dons de l'automne, et le suc des abeilles,
Et le pain, en monceaux remplissent les corbeilles.
Les génisses, les bœufs, de momens en momens
Font retentir au loin leurs longs mugissemens,

Et les enfans rangés autour d'un chêne antique
Entonnent à la fois une chanson rustique.

Charles goûte un plaisir, en savourant ces mets,
Qu'à sa table royale il n'éprouva jamais.
« Vieillard, dit-il enfin, lorsque sur ces rivages
« L'impitoyable guerre exerce ses ravages,
« Comment auprès de vous, dans ce bocage épais,
« Avez-vous pu fixer le bonheur et la paix ?
« — Ah ! répond le vieillard, le ciel qui nous protége
« Écarte de ces lieux le funèbre cortége
« Des soupçons importuns, des craintes, des ennuis,
« Qui troublent de nos Rois et les jours et les nuits.
« Autrefois ébloui par un brillant mensonge
« Moi-même des grandeurs j'ai cru saisir le songe ;
« Mais vainqueur du torrent qui m'avait entraîné,
« Je revins pour mourir aux lieux où je suis né.
« Je trouvai sur ces bords la noble indépendance,
« Les plaisirs sans regrets et l'heureuse abondance.
« Allez, vils courtisans, briguer par vos discours
« L'avilissant honneur de ramper dans les cours :
« C'est dans les bois lointains, sous une humble chaumière,

« Que l'homme peut goûter sa liberté première ;

« Satisfait de lui-même, en paix avec son Dieu,

« Il dit à l'univers un éternel adieu.

« Du père des humains la nature est le temple,

« Et c'est là que sans voile un sage le contemple.

« D'un cœur pur et soumis les vœux reconnaissans,

« Aux yeux de l'Éternel sont le plus digne encens.

« Souvent, dans ce réduit, ma pitié bienfaisante

« Accueille l'indigent que le sort me présente :

« Oui, je hais ces mortels qui, libres de tout soin,

« De leurs amis souffrans négligent le besoin ;

« Ces mortels dont la main n'a point séché de larmes,

« Et qui de la pitié méconnaissent les charmes.

« Jamais privé de biens, quoique donnant toujours,

« Pour moi, par mes bienfaits je puis compter mes jours.

« Que le ciel daigne encor prolonger mes années ;

« Et quand la mort viendra finir mes destinées,

« Si j'embrasse mes fils, si mes derniers neveux

« Sont heureux après moi, je ne fais plus de vœux.

« — Que ne puis-je, dit Charle, abandonner la guerre,

« Le pouvoir, les honneurs, idoles du vulgaire,

« Et trouver près de vous, loin des toits orgueilleux,

« Le bonheur qui nous fuit et vous cherche en ces lieux !

« Dès demain, que ne puis-je, au gré de mon envie,

« Dans une solitude ensevelir ma vie !

« O bois silencieux, et vous, paisibles champs !

« Que vos plaisirs sont purs et vos attraits touchans !

« — Laissez, dit le vieillard, à des âmes serviles

« Le luxe impérieux qui règne dans les villes ;

« Vous le pourrez un jour. Le bonheur, ici-bas,

« N'est point dans le tumulte et l'horreur des combats.

« Croyez-moi, méprisez cette vaine fumée

« Que les mortels séduits appellent renommée :

« Ces superbes lambris, ces palais si vantés,

« Valent-ils de nos champs les modestes beautés ?

« Où trouver dans les cours cette aimable décence,

« Cette noble pudeur, fille de l'innocence ?

« Jamais l'affreux ennui ne trouble nos loisirs,

« Et même nos travaux sont pour nous des plaisirs.

« Les enfans sont soumis, les épouses fidèles ;

« Seul gardien des vertus, l'honneur veille auprès d'elles ;

« Ce modeste domaine est pour moi l'univers.

« Que j'aime à contempler tous ces tableaux divers !

« Et ce lac immobile, et cette eau jaillissante

« Qui roule sur les fleurs et sur l'herbe naissante,

« Et ces brûlans coteaux de pampres couronnés,

« Fixant du voyageur les regards étonnés :

« Le tendre rossignol, traînant sa voix plaintive,

« Charme par ses concerts mon oreille attentive.

« Tantôt mes jeunes fils cultivent mes guérets,

« Ou guettent le chevreuil qui tombe dans les rets ;

« Tantôt, la serpe en main, vont d'un luxe inutile

« Dégager l'arbrisseau, désormais plus fertile.

« Quand sur ces bords l'automne épanche ses bienfaits,

« Je vois les vendangeurs se courber sous le faix,

« Et la grappe bientôt, sous nos pieds comprimée,

« En nectar écumeux s'écoule transformée.

« Mais quand le pâle hiver, couronné de frimas,

« Vient de leurs ornemens dépouiller nos climats,

« En cercle rassemblés sous le chaume rustique,

« Nous élevons au ciel notre pieux cantique,

« Ou, devant le foyer tranquillement assis,

« Nous charmons les instans par de joyeux récits.

« Maître de ce réduit, j'y commande sans crainte,

« Et chacun à ma voix obéit sans contrainte,
« Tandis que les flatteurs avec dextérité
« Cachent aux yeux des Rois la sainte vérité,
« Tandis que, dans les cours, la basse perfidie
« Aide dans ses complots la révolte hardie.

« Vainement les Anglais sèment partout l'horreur,
« A l'abri de ces bois nous trompons leur fureur.
« Ainsi quand la tempête exerçant ses ravages
« Du bout de l'Océan roule vers les rivages,
« Le chêne est renversé par les noirs aquilons,
« Qui respectent du moins l'arbrisseau des vallons.
« Je ne vois point, poussés en des partis contraires,
« Les frères se baigner dans le sang de leurs frères ;
« Le tumulte des chars et le bruit des clairons
« N'ont jamais, grâce au ciel, troublé nos environs.
« Le sang n'a point coulé dans ces plaines fécondes
« Que le ruisseau limpide arrose de ses ondes,
« Et jusqu'en ces bosquets aux mortels inconnus
« Les traits des combattans ne sont point parvenus.
« Je ne vois point briller les torches enflammées,
« Courir et se heurter les cohortes armées,

« Les mourans se débattre, ou d'aveugles guerriers

« Au mépris du péril s'arracher des lauriers.

« Mes spectacles, à moi, sont la simple nature,

« Le bœuf qui dans les prés va chercher sa pâture,

« Les oiseaux folâtrant sur mes humbles buissons,

« Le vert tapis de l'herbe ou l'or de mes moissons ;

« C'est le lever du jour, quand sa douce lumière

« Colore faiblement le toit de ma chaumière ;

« C'est l'approche du soir, quand le pâle soleil

« Penché vers l'horizon nous invite au sommeil.

« Mais vous, dans les horreurs de la guerre cruelle

« Une seconde fois la France vous appelle ;

« Repoussez des Anglais le redoutable essaim,

« La France avec horreur les vomit de son sein. »

Du vieillard, à ces mots, le visage s'enflamme ;

L'impatiente ardeur qui pénètre son âme

Animait à la fois son geste et ses discours :

« Va, dit-il, mon pays réclame ton secours ;

« Défends, brave guerrier, la cendre de tes pères,

« Les lieux qui m'ont vu naître en des temps plus prospères,

« Et rends à ton pays ces champs abandonnés

« Que des bras étrangers naguère ont moissonnés.

« Pour moi, dont le repos est ici le partage,

« Je dois de mes aïeux cultiver l'héritage ;

« Ce fer, de ta valeur redoutable instrument,

« Serait pour ma vieillesse un futile ornement.

« Mais si j'ose, du fond de ce réduit rustique,

« Plonger dans l'avenir un regard prophétique,

« Dieu va précipiter la discorde aux enfers ;

« De la France captive il doit briser les fers,

« Ce Dieu libérateur dont l'immense génie

« Rétablit des États ou détruit l'harmonie,

« Et l'Anglais à nos pieds prodiguant ses respects

« Viendra, n'en doute point, nous demander la paix.

« Que de ces bords soumis la victoire l'exile ;

« L'effroi de notre nom jusque dans leur asile

« Poursuivra les vaincus.... Oh ! béni soit le jour

« Où Charles de Paris reverra le séjour !

« Les Français ont pour eux le ciel et leur épée :

« Leur espérance, ami, ne sera point trompée. »

Il dit : Charles se lève en regardant les cieux,

Et des pleurs, malgré lui, s'échappent de ses yeux :

« C'est trop long-temps, dit-il, vous cacher ce mystère ;

« Tout prêt à m'éloigner de ce lieu solitaire

« Je dois le découvrir.... Bannissez tout effroi,

« O mortels vertueux, vous voyez votre Roi.

« C'est moi-même. » A ses pieds la famille s'élance ;
Le monarque attendri les regarde en silence :

« Cessez, dit-il enfin, d'embrasser mes genoux,

« La victoire m'appelle, adieu, séparons-nous ;

« Mais de la liberté l'aurore va renaître.

« L'Anglais pour son vainqueur devra me reconnaître.

« Et quand le juste ciel, favorable à mes droits,

« Aura guidé ma course au trône de vos Rois,

« Écartant des flatteurs l'essaim qui m'environne,

« Pour apprendre à régner je descendrai du trône,

« Et cherchant loin des cours le mérite inconnu,

« Abaissant devant lui l'orgueilleux parvenu,

« Je veux, par mes vertus, que mon peuple prospère,

« Qu'il me respecte en prince et me chérisse en père ;

« J'imiterai ces Rois qui, versant des bienfaits,

« Vivent heureux au sein des heureux qu'ils ont faits.»

Il s'éloigne à ces mots, et la troupe attentive
Suivit long-temps des yeux sa marche fugitive.

CHANT SEPTIÈME.

Ainsi Charles courait à des périls nouveaux,
Quand la voix des guerriers et le bruit des chevaux
Résonnent;... de courroux tout son cœur se soulève,
Il écoute, il frémit, il s'arme de son glaive;
Et jaloux d'obtenir la gloire ou le trépas
Au-devant du tumulte il s'avance à grands pas.
Chargé par nos Français d'un important message
Le brave Châtillon s'offre sur son passage ;
Il venait en ces lieux, de sa garde suivi,
Redemander un prince à nos soldats ravi.
Charles s'est élancé sur un coursier rapide;
Vers les murs d'Orléans l'escadron intrépide
S'avance;.... un bruit affreux frappe soudain les airs,
Le ciel est sillonné d'effroyables éclairs,
Le jour a disparu sous un nuage immense,
Le fer luit, le sang coule et le combat commence.

L'airain s'embrase et tonne, une grêle de dards
Pleut sur les boucliers, crible les étendards;
Sur les corps palpitans dont la plaine est semée
S'avance des Anglais la redoutable armée,
Tandis que le bitume, en brûlans tourbillons,
Versé du haut des murs couvre leurs bataillons.

    Près d'Orléans un fort muni par la nature
Et dont la main de l'art embellit la structure
Élève jusqu'aux cieux ses superbes créneaux;
Des Anglais conjurés là sont les arsenaux.
D'abord de Charles sept les troupes foudroyées
A l'aspect de la mort reculent effrayées;
Mais le monarque vole au sommet des remparts
Et repousse les traits pleuvant de toutes parts.
Ainsi quand la tempête au milieu des ténèbres
Fait briller coup sur coup mille clartés funèbres,
Quand l'air est ébranlé du souffle des autans,
Les timides oiseaux de crainte palpitans
Se cachent dans les bois ou tremblent dans la poudre;
Mais l'aigle altier s'élance et va braver la foudre.
Ainsi Charles volait au-devant du trépas.

Les Français enhardis reviennent sur leurs pas,

Et guidés par le son de sa voix éclatante

Ils vont fixer enfin la victoire flottante.

Refoulés dans ces murs, les Anglais menaçans

Redoublent contre nous leurs efforts impuissans.

Mais sur les échelons qui cèdent et gémissent

Couverts de leurs pavois nos guerriers s'affermissent.

De poussière et de feux on marche enveloppé ;

La vaillance est fureur ; on frappe, on est frappé ;

Rien ne peut des Français calmer la noble rage,

Et plus l'obstacle est grand, plus grand est leur courage.

Ange de l'Éternel, seconde leur effort,

Fais tomber en leurs mains l'inexpugnable fort ;

Contre leurs boucliers que les coups s'amortissent,

Que de leurs cris vainqueurs les échos retentissent !

Mais déjà tu m'entends : poudreux, ensanglantés,

Sur les remparts soumis nos drapeaux sont plantés.

Vainement les Anglais que la fureur assemble

Pour venger cet affront sont accourus ensemble ;

A leur tête paraît l'imprudent Rénisthal,

Fatal à sa patrie, à la France fatal ;

Il s'abreuve de sang, il s'enivre de larmes,

Et met tout son plaisir à causer les alarmes.
Charles ne peut souffrir son orgueil insultant,
Et d'un coup imprévu sur la plaine l'étend.
Du géant terrassé la chute redoutable
Fait retentir les airs d'un bruit épouvantable ;
A travers le tumulte autour de lui croissant
L'impétueux Raymond accourt en frémissant ;
Déjà dans maint péril sa valeur s'est montrée.
Les ours dont la fureur désole sa contrée,
Égorge ses bergers et ravit ses troupeaux,
Terrassés par son bras le couvrent de leurs peaux.
Il s'arrête à l'écart et sa main attentive
Dirige vers les murs une flèche furtive :
Le trait vole, et Raimbaud mortellement percé
Dans les flots de son sang est déjà renversé.
Ralègue, fier encor de sa gloire flétrie,
Tombe sous le canon, vengeur de sa patrie ;
Il avait, dans l'espoir d'un coupable succès,
Défendu l'Angleterre et trahi les Français.
Plus loin, armé d'un fer qu'en ses mains il balance,
Wolmis de Jeanne d'Arc s'approchait en silence ;
Il frappe, mais trompant son impuissante ardeur

La flèche d'un pavois effleurait la rondeur :
Aux pieds de l'héroïne elle tombe émoussée.
Par ce lâche attentat la vierge courroucée
Se détourne, et poursuit le perfide Wolmis.
Hélas ! précipitant ses pas mal affermis
Sur le sol inégal l'Anglais chancelle et tombe ;
Dans ce creux de la terre il va trouver sa tombe.
Mais Jeanne à son courroux craint de s'abandonner;
Jeanne pouvait punir, elle sut pardonner :
« Rassurez-vous, guerrier, l'ennemi qui m'offense
« Devient sacré pour moi dès qu'il est sans défense.»
Il cède, comme un tigre, esclave menaçant,
Las de mordre son frein succombe en rugissant.
Mais sauvé du péril le traître se relève,
Au sein de l'héroïne il veut plonger son glaive :
« Faible et lâche ennemi, voilà donc ton remord »,
Dit Jeanne ; « tu le veux, hé bien! reçois la mort. »
Maudissant à ces mots sa coupable indulgence
Dans le sang du perfide elle éteint sa vengeance.

A travers le tumulte et les cris déchirans
Jeanne suit des Anglais les bataillons errans ;

Tel on voit s'élancer un lion redoutable
Et suivre les brebis qui courent vers l'étable.
Atteint d'un javelot le formidable Edvin
Roule sur la poussière et se débat en vain.
Il allait blasphémer; mais Jeanne à l'instant même
Fait sur sa bouche impie expirer le blasphème.
Élevé dans les camps, au milieu des dangers,
Cléoric tombe et meurt sur des bords étrangers.
Il songe à son pays (souvenir plein de charmes!)
Et de ses yeux mourans s'échappent quelques larmes.
Sur les tristes guerriers la hache à deux tranchans
Tombe comme la faux sur les épis des champs.
Le rapide boulet frappe, renverse, passe,
Siffle à travers la plaine et vole dans l'espace.

Monté sur le sommet d'une orgueilleuse tour
Le brave Richemont se signale à son tour.
Il perce de Cador la cuirasse brillante;
Cador a succombé, mais sa main défaillante
Remet à Cénowal son glaive menaçant,
Son casque, son pavois, qu'il baigne de son sang.
Par la vengeance armé le héros intrépide

Va redoublant les coups de son bras plus rapide,

Et traversant la foule à pas précipités

Venge de son ami les mânes irrités.

L'impatient Dunois, le valeureux Saintrailles,

Précipitent l'Anglais du faîte des murailles.

Tout à coup suspendant ce combat inhumain

Accourt le vieux Suénon, l'olivier à la main.

Son paisible regard, sa démarche imposante,

Commandent le respect ; il vient et se présente

A la porte du fort où Charle et ses vassaux

Des Anglais réunis repoussent les assauts.

On dit que de Suénon l'éloquence flexible

A souvent triomphé d'un courage invincible.

Blanchi dans la milice, intrépide et prudent,

Suénon prend sur les cœurs un suprême ascendant.

Il entre, et saluant le monarque et l'armée :

« Braves héros, dit-il, vous dont la renommée

« A publié partout les glorieux exploits,

« Vous qui du seul honneur reconnaissez les lois,

« Permettez qu'un instant le combat se diffère :

« Vous avez beaucoup fait, mais plus encore à faire.

« Assez et trop long-temps nos glaives meurtriers

« Ont souillé ces remparts du meurtre des guerriers ;

« Vos cœurs à la pitié sont-ils inaccessibles ?

« Aux malheurs des humains n'êtes-vous point sensibles ?

« N'auront-ils point la paix ? Leur faudra-t-il toujours

« Assurer votre gloire au péril de leurs jours ?

« Bedfort, dont vous avez éprouvé la vaillance

« Vous propose, seigneur, une illustre alliance.

« Pour les mieux affermir partagez donc vos droits :

« Sur la France avec vous laissez régner nos Rois,

« Prince ; n'opposez point un orgueil indocile ;

« Vous seriez-vous promis un triomphe facile ?

« Nos soldats sont nombreux ; ils arrivent ; songez

« Qu'ici de toutes parts vous êtes assiégés.

« Voyez de nos drapeaux la plaine au loin couverte ;

« C'en est fait, nulle issue à vos pas n'est ouverte...

« —J'écoute avec sang-froid tes éloquens discours,

« Dit Charles ; ma bonté leur laisse un libre cours,

« Et quant à ces guerriers que ton orgueil nous vante,

« Leur nombre, quel qu'il soit, n'a rien qui m'épouvante ;

« Apprends que les Français au mépris du trépas

« Bravent leurs ennemis et ne les comptent pas.

« Elle va luire enfin la terrible journée

« Qui doit de nos États régler la destinée ;

« Puissent à l'avenir nos soldats satisfaits

« D'un précieux repos éprouver les bienfaits.

« Bientôt par ma présence excitant leur courage

« Je les verrai combattre, et venger mon outrage,

« Bientôt je les verrai chasser ces bataillons

« Dont la foule à grand bruit inonde nos sillons.

« La France nous implore ; embrassant sa querelle

« Nos soldats vont marcher, vaincre ou mourir pour elle,

« Et prouver que toujours la patrie et les Rois

« Sur le cœur d'un Français conserveront des droits.

« Et vous qui partageant mes périls et ma gloire

« Avez suivi mes pas aux champs de la victoire,

« Si le ciel, non fléchi par nos premiers revers,

« Fait, en nous accablant, triompher ces pervers,

« Que le même intérêt en ces lieux nous rassemble ;

« Ensemble nous vainquions, nous périrons ensemble.

« Les Anglais sous leurs coups nous verront succomber ;

« C'est ainsi qu'à la honte il faut nous dérober.

« Par ce noble trépas nous devrons leur apprendre

« Qu'un Français peut mourir, mais ne sait pas se rendre.

« — Prince, c'est donc en vain que j'osais espérer ?

« Implacables rivaux , il faut nous séparer.

« Ne pourrons-nous du moins au pied de ces murailles

« Payer à nos soldats de justes funérailles ?

« S'il faut encor du sang pour vider nos débats

Bientôt nous serons prêts à voler aux combats.

« — Allez , répond le Roi, confiez à la terre

« Ces braves, si long-temps l'appui de l'Angleterre ,

« Et souffrez qu'à leur tour les Français désolés

« Déposent au cercueil leurs frères immolés.

« Hélas! même aux vivans que n'est-elle accordée

« La paix que pour les morts vous m'avez demandée.»

Il dit , et de Bedfort le messager confus

Du monarque français annonce le refus :

« Charles de ses aïeux conservant l'héritage

« Sur le trône des lis veut régner sans partage ;

« J'ai voulu le fléchir , mais en vain; cependant

« Avant que le soleil ait rougi l'Occident ,

« Les guerriers confondus sur les bords de la Loire

« Pourront ensevelir leurs compagnons de gloire. »

Il dit, et sans tarder les deux partis rivaux

Creusent la vaste plaine et poussent leurs travaux.

CHANT HUITIÈME.

O vous qui des combats contemplez les victimes,
Donnez à nos Français des larmes légitimes;
Les reconnaissez-vous sur la poudre étendus,
Sanglans, percés de coups, meurtris et confondus,
Ces braves qui tantôt, debout pour la patrie,
De nos fiers ennemis réprimaient la furie.
Ici l'affreux destin égale tous les rangs.
Chefs et soldats, frappés par des coups différens,
Sont tombés l'un sur l'autre, et leur foule imposante
Conserve dans la mort sa fierté menaçante.
Le ciel a retenti d'affreux gémissemens.
Arrachant de leur sein d'importuns ornemens,
Des épouses en deuil, des sœurs, de tendres mères,
Donnent un libre cours à leurs larmes amères.
Vous pleurez ces héros qui sont morts en vainqueurs,
La gloire est sur leurs fronts, et l'ennui dans vos cœurs.

On se hâte, on poursuit, et dans ses flancs avides
Le cercueil engloutit les cadavres livides
De mortels inconnus, d'illustres chevaliers,
Des casques en débris, des dards, des boucliers.
Gaston roule entouré des plis de la bannière
Qu'il défendait encore à son heure dernière;
Et toi, brave Richard, toi, généreux Glamis,
Dans le même tombeau reposez endormis;
Hélas! et puissiez-vous d'une amitié fidèle
Aux siècles à venir présenter le modèle!

Déjà la nuit s'avance et mille astres divers
De leur pâle lueur éclairent l'univers;
Jeanne, levant au ciel ses yeux baignés de larmes,
« O mes Français, dit-elle, ô mes compagnons d'armes!
« O vous à qui j'adresse un éternel adieu,
« Reposez pour jamais entre les bras de Dieu. »

L'ombre régnait encor sur la terre endormie,
Sur le camp des Français, sur la troupe ennemie;
Mais l'esprit infernal, pour troubler nos États,
Méditait à l'écart de nouveaux attentats,

Et jaloux d'assurer le succès qu'il augure,

Il prend du vieux Suénon la forme et la figure.

D'intrépides Anglais ignorant le repos

Veillent en ce moment auprès de leurs drapeaux ;

Le traître à leur aspect courbant sa tête nue,

Les flatte, les séduit, et d'une voix connue :

« Compagnons, leur dit-il, sous la voûte des cieux

« La nuit a déployé son voile officieux ;

« Que tardons-nous encor ? Par ruse il faut combattre

« Ceux que notre valeur tantôt ne put abattre,

« Et Jeanne et ses soldats partout enveloppés

« Tomberont sous nos traits mortellement frappés.

« Faut-il que l'Angleterre à nos faibles courages,

« Non moins qu'aux ennemis, reproche ses outrages ?

« Ah ! réveillez ce fer qui dort entre vos mains ;

« Vers d'éclatans succès frayez-vous des chemins.

« Secondez sans retard le courroux qui m'inspire :

« Un seul instant perdu perd souvent un empire ;

« Courons à l'ennemi, nous pouvons l'accabler ;

« Mais au lever du jour il nous fera trembler.

« Ainsi n'écoutez plus une aveugle indulgence ;

« Baignez-vous dans le sang ; point de grâce ; vengeance !

« D'un joug insupportable il faut nous affranchir ;

« Brisons cette fierté que je n'ai pu fléchir... »

Plusieurs ont rejeté ces ordres sanguinaires ;

Mais guidant un ramas d'assassins mercenaires,

L'implacable Satan loin des sentiers connus

S'avance.... Près du camp les voilà parvenus.

Villars, des ennemis redoutant peu l'offense,

Errait en cet instant, mais seul et sans défense.

Tout à coup.... ô douleur ! le héros étonné,

De bataillons anglais se voit environné.

Sur le sein de Villars chacun dresse sa lance.

O mortel généreux ! vas-tu par ton silence

Livrer à l'étranger nos guerriers endormis ?

« Aux armes, compagnons, voici les ennemis ! »

Percé de mille coups il tombe.... un cri d'alarmes

S'élève jusqu'aux cieux ; l'écho répète : aux armes !

D'une même terreur les deux partis troublés,

Chacun sous ses drapeaux, sont déjà rassemblés.

Des vainqueurs, des vaincus les hurlemens funèbres

Retentissent au loin à travers les ténèbres,

Les Anglais malheureux, les malheureux Français

Du succès au revers, du revers au succès

Sont portés tour à tour, et l'une et l'autre armée

Luttent sous des torrens de poudre et de fumée.

Déjà la foudre tonne et l'éclair a jailli;

D'un généreux transport les cœurs ont tressailli.

Oh! combien de héros illustres dans la guerre

Sont tombés inconnus dans les rangs du vulgaire!

Que de faits glorieux pour l'empire des lis

Dans la nuit du secret furent ensevelis!

Enfin le Roi des cieux rendit le jour au monde.

Les soldats tout couverts d'une poussière immonde

Marchent, foulent aux pieds les cadavres hideux

Et repoussent la mort qui voltige autour d'eux.

Les Français, les Anglais que la fureur assemble,

Avancent tour à tour ou reculent ensemble.

Les globes foudroyans lancés de toutes parts

En énormes débris font tomber les remparts.

Roland, le bras armé d'une lourde massue,

A travers mille morts se frayant une issue,

S'élance.... les Anglais de crainte palpitans,

Sous ses terribles coups tombent en même temps.

Tel on voit un torrent rouler avec son onde

Un stérile gravier sur la plaine féconde,
Renverser les forêts, détruire les vergers,
Entraînant dans son cours et troupeaux et bergers.
Sur les pas de Roland, Rameston qui s'élance
Le saisit de sa main, le presse de sa lance;
Mais Roland tout à coup revenant sur ses pas,
Au sein de Rameston enfonce le trépas.
Le malheureux Anglais tremble, pâlit, chancelle,
Un sang noir à longs flots sur ses armes ruisselle;
Il tombe, et son coursier perçant les bataillons,
Court, vole et disparaît sous d'épais tourbillons.

Jeanne, qui de Roland secondait la colère,
Semblait à nos soldats un ange tutélaire;
Quand un dard meurtrier la perce en frémissant,
Tremble encor dans la plaie et s'enivre de sang.
On arrive, on s'empresse et par toute l'armée,
De ce coup imprévu la nouvelle est semée;
L'héroïne gémit sur un lit de douleurs;
A ce sang généreux chacun mêle ses pleurs;
En vain elle s'agite, en vain son bras débile
Veut ébranler le fer de la flèche immobile;

Elle entend des combats le tumulte lointain :
« O sort jaloux, dit-elle, implacable destin !
« Dois-je le croire, ô ciel ! contraire à mon envie,
« Au tourment du repos tu condamnes ma vie. »

On appelle à grands cris Alcandre dont la main
Puisse ouvrir à la flèche un douloureux chemin.
Alcandre du malheur secourant les victimes,
A l'amour des Français a des droits légitimes;
La lente expérience a mûri son savoir,
De tous les végétaux il connaît le pouvoir,
Des organes secrets l'usage et la structure,
Et dans tous ses travaux son guide est la nature.
Il regarde en pitié ces systèmes d'un jour
Tour à tour enfantés et détruits tour à tour ;
Et cherchant de nos maux l'origine première
Dans la nuit de l'erreur il porta la lumière.
Jamais il n'a goûté ces poisons pleins d'attraits
Qu'à la table des grands on savoure à longs traits,
Et passant à loisir du repos à l'étude,
Il bannit de son cœur la sombre inquiétude.
Ses membres vigoureux ne tremblent point glacés

Par quatre-vingts hivers sur sa tête amassés.
Sur le front d'un mortel son œil inévitable
Lit d'un prochain trépas l'indice redoutable;
Plus souvent ses efforts sont suivis du succès
Et calment des douleurs les terribles accès.
Il vient; mais cette fois son attente est déçue,
Et le trait enfoncé ne trouve point d'issue;
Vainement de son art prodiguant les secours,
Du sang qui toujours fuit il veut tarir le cours.

Soudain on voit s'ouvrir les voûtes éternelles,
Et les divins esprits apportent sur leurs ailes
La fille de David, la mère du Sauveur,
Qui toujours aux Français prodigue sa faveur.
Elle descend : jamais l'étoile matinale
N'égala de son front la beauté virginale.
La rose a coloré son vêtement léger;
Au souffle du zéphyr il semble voltiger.
Mille astres éclatans brillent sur sa couronne
Et de nuages d'or un cercle l'environne;
Elle s'adresse à Jeanne, et lui parle en ces mots :
« Sèche tes pleurs, le ciel va suspendre tes maux;

« Il voulait t'éprouver; lève-toi, prends tes armes,

« Et les Anglais encor connaîtront les alarmes. »

Par ses mains épanchée une douce liqueur

Inonde la blessure, et son charme vainqueur

Ouvrant au javelot une route facile,

A la main du vieillard le rend enfin docile.

On se tait, on admire, et la Reine des cieux

S'élève dans les airs et disparaît aux yeux.

A peine elle a senti sa force renaissante,

Jeanne appelle aux combats une escorte puissante,

Tous les rangs sont formés, un cri s'élève, on part,

Orléans les revoit au pied de son rempart.

Comme un coursier brisant le frein de l'esclavage,

Fier de reconquérir sa liberté sauvage,

Bondit avec orgueil sur les prés verdoyans

Et déroule les flots de ses crins ondoyans;

Au-devant des périls ainsi Jeanne s'élance

Pour punir des Anglais la coupable insolence.

Nos jeunes chevaliers se pressant à l'entour,

Par de longues clameurs célèbrent son retour.

Jeanne fond sur Althor, le frappe et le terrasse;

Et brisant en éclats sa brillante cuirasse,
Son bouclier de fer et son panache altier,
Plonge au sein du héros son glaive tout entier.
Faible et lâche Guesler, ton imprudente rage
Ose de Jeanne d'Arc provoquer le courage ;
Inutiles fureurs ! La vierge ne veut pas
D'un seul coup de sa lance honorer ton trépas ;
Plus noble en ses efforts sa valeur indomptée
Repousse de Talbot la garde épouvantée,
Et les soldats tombés en ses terribles mains,
Des ruisseaux de leur sang inondent les chemins.
Anderson, que Rambert a frappé de son glaive,
Sous les pieds des chevaux à demi se soulève,
Présente de son front l'effrayante pâleur,
Et meurt en rugissant de rage et de douleur.
De jeunes chevaliers une foule intrépide,
Jeanne, veut t'arrêter dans ta marche rapide ;
Mais comme l'aquilon chasse les tourbillons,
Ainsi ton bras vengeur fait fuir les bataillons.
Une grêle de traits vole, monte et retombe,
Et le champ des combats n'est qu'une immense tombe.
Les remparts ébranlés jusqu'en leurs fondemens,
Écrasent les guerriers sous leurs débris fumans.

Mais tandis qu'à leurs yeux Jeanne s'est signalée,
Saintraille et Richemont, au fort de la mêlée,
Attaquent les Anglais cachés sous leurs pavois
Et les renversent tous sans forces et sans voix.
Charles, toujours aidé par la troupe fidèle
Qui d'Orléans sous lui conquit la citadelle,
Sur le sommet des tours combat et se défend;
Nul guerrier ne résiste à son bras triomphant :
Et peut-être en ce jour le perfide insulaire
De tous ses attentats recevait le salaire;
Justement ébloui de nos brillans exploits,
Peut-être il renonçait à nous dicter ses lois,
Si le pâle soleil achevant sa carrière
N'avait de l'horizon dépassé la barrière.
Contraints de s'arrêter et s'indignant tout bas,
Les Français jusqu'au jour renoncent aux combats.

CHANT NEUVIÈME.

La nuit couvre les cieux de ses voiles funèbres ;
Un silence profond règne dans les ténèbres ;
Et le dieu du sommeil répandant ses pavots
Verse aux faibles mortels l'oubli de leurs travaux.
Charles en ce moment reposait sous sa tente ;
Soudain, environné d'une gloire éclatante,
L'archange du Seigneur se présente à ses yeux
Et traverse avec lui la carrière des cieux :
« Viens, suis-moi, lui dit-il, et tu pourras connaître
« Les Rois que de ton sang le ciel doit faire naître ;
« Ceux qui de leurs bienfaits combleront les humains,
« Hélas ! et s'il en est dont les sanglantes mains....
« Mais le vaste avenir devant nous se découvre,
« Du palais des destins déjà la porte s'ouvre :
« Regarde. » Sur un trône où siégent les soucis,
Au milieu des bourreaux, un monarque est assis ;

Là, du peuple et des grands, victime de son règne,
Il dédaigne l'amour, satisfait qu'on le craigne.
Ses ministres cruels tremblent à son aspect,
Et jusqu'à ses amis, tout lui semble suspect.
Charles ne peut cacher ses soupirs et ses larmes.
« O père infortuné, je conçois tes alarmes,
« Dit l'ange ; de ton fils tu vois les attentats ;
« La misère et la faim dépeuplent ses États.
« En ces malheureux temps les discordes civiles
« Doivent de plus d'un meurtre ensanglanter les villes,
« Et des Français ligués la funeste valeur
« Du prince et de l'État causera le malheur.
« Où les Rois sont tyrans le peuple est indomptable.
« Une autre Jeanne alors, mais non moins redoutable,
« Aux remparts de Beauvais prodiguant son secours
« De ce torrent fougueux arrêtera le cours. »
Il dit ; devant le trône un échafaud s'élève :
Ton front, brave Nemours, va tomber sous le glaive,
Et tes tristes enfans de ton sang tout baignés
Arracheront des pleurs aux Français indignés.

Élevé, jeune encore, aux grandeurs souveraines,

De l'État chancelant un autre a pris les rênes ;

Jusqu'aux remparts de Rome il pousse ses exploits,

L'Éridan et le Tibre ont coulé sous ses lois ;

Mais bientôt la valeur cède à la perfidie.

Victime d'une trame indignement ourdie

Il fuit loin de ces bords qu'il avait envahis,

Et revient pour mourir au sein de son pays.

Mais d'un règne plus beau je vois briller l'aurore.

Le voilà donc ce Roi que tout un peuple adore,

Ce sage Louis douze à la France promis.

Si son bras valeureux combat nos ennemis

Son cœur est en secret jaloux d'une autre gloire.

Ce n'est plus un héros guidé par la victoire ,

Qui traîne la terreur sur ses pas triomphans ,

C'est un père chéri qu'entourent ses enfans :

Regardez à ses pieds ce ministre fidèle,

D'Amboise, des chrétiens le plus parfait modèle ;

D'un zèle infatigable à la fois animés

Tous deux aiment l'État, tous deux en sont aimés.

Pourrai-je dans mes vers te passer sous silence ,

Vertueux chevalier, Bayard , dont la vaillance

Au milieu des combats protégeant nos Français
De leurs fiers ennemis abaisse les succès ?

Du rusé Charles-Quint le rival intrépide
Au-devant des périls vole d'un pas rapide.
Je le vois à l'adresse opposant sa vertu,
En butte aux coups du sort et jamais abattu,
Grand au sein du bonheur, plus grand dans sa défaite;
Et rien ne manquerait à sa gloire imparfaite
Si, maître de lui-même et domptant ses désirs,
Il savait dédaigner de coupables plaisirs.

Les arts, brillant encor de leur beauté première,
Tels que l'astre fécond qui verse la lumière,
Du bout de l'Orient s'élèvent, et l'erreur
Dans l'ombre de la nuit va cacher sa terreur.

Charle aperçoit alors deux héritiers du trône,
Illustres malheureux que la guerre environne;
L'un à ses ennemis résistant sans effroi,
L'autre ayant en partage un vain titre de Roi.

Plus loin de Charles neuf les troupes criminelles

Dans le sang des Français plongent leurs mains cruelles,

Et par ces attentats de pieux assassins

Pensent de l'Éternel accomplir les desseins !

Conciliez l'esprit de ces partis contraires ;

Enfans d'un même Dieu n'êtes-vous pas tous frères ?

Ah ! suspendez vos coups, trop aveugles guerriers,

Contre qui tirez-vous ces glaives meurtriers !

Que dis-je ? le Roi même.... ô détestable rage !

Le Roi de ses bourreaux seconde le courage ;

Sur le peuple tremblant qui fuit devant leurs pas

Du haut de son palais il lance le trépas.

Mais quel est ce vieillard blanchi par les années

Qui semble de l'État peser les destinées ?

Il voit avec horreur dans nos murs désolés

Par le fer des chrétiens les chrétiens immolés.

Ni l'orgueilleux crédit ni la basse opulence

Ne font entre ses mains incliner la balance ;

Plein d'une noble ardeur il la fait éclater

Pour être utile aux Rois et non pour les flatter.

O sage l'Hôpital ! l'imposture et l'envie

Ont de leur souffle impur empoisonné ta vie,

Et loin des vils humains que tu fuis pour toujours

Tu vas dans la retraite ensevelir tes jours.

La Ligue cependant levant sa tête altière

De sang et de débris couvre la France entière;

Des sujets révoltés le chef audacieux

Se jouait tour à tour de la France et des cieux,

Et du peuple séduit captant l'obéissance

Prétendait sur le trône établir sa puissance.

Bientôt, hélas! trompé dans ses brillans desseins,

Il tombe sous le fer de lâches assassins.

O perfide Valois! contemple ta victime:

Si ton rival usait d'un droit illégitime;

Si, plus Roi que toi-même, il voulait gouverner,

Tu devais le combattre et non l'assassiner.

Soudain du fond d'un cloître un jeune fanatique,

Armé par la vengeance et par la politique,

S'avance le regard sur la terre attaché;

Sous ses longs vêtemens un poignard est caché.

A sa timide voix, à sa seule présence,

Qui ne croirait, ô ciel! contempler l'innocence?

Le monstre audacieux feignant un saint respect
S'approche du monarque et tremble à son aspect,
Puis levant tout à coup une main parricide
Sur le trône où des Rois la majesté réside,
O forfait effroyable! ô spectacle d'horreur!
O Valois! dans ton sang il éteint sa fureur;
Et fier d'avoir comblé son indigne artifice
Il ose au Dieu clément s'offrir en sacrifice.

Le père des Français, le fils de Saint-Louis,
Se montre enfin aux yeux des Ligueurs éblouis,
Mais de ces forcenés la rage envenimée
A l'aspect de Henri s'est bientôt ranimée;
O peuple, que crains-tu d'un vainqueur généreux?
S'il combat contre toi, c'est pour te rendre heureux.
Non, ne les en crois pas ces conseillers sinistres,
D'un Dieu d'humilité trop orgueilleux ministres,
Qui dans leurs vains discours s'arrogeant tous les droits
Te prêchent le mépris et la haine des Rois.
Comme par ses bontés, Henri par sa naissance,
Mérite ton amour et ton obéissance;
Et tu dois l'adorer, si parmi les mortels

Les princes vertueux obtiennent des autels.
Toi, de nos intérêts sage dépositaire,
Sully, tu soutiendras ce noble caractère ;
Tu sauras, de ton maître appuyant les projets,
Consacrer ton repos au bonheur des sujets.

Henri, que la victoire en tous lieux accompagne,
Confond par sa valeur et la Ligue et l'Espagne ;
A travers mille feux le voyez-vous courir ?
Rien ne peut l'arrêter, il veut vaincre ou mourir.
Tout tombe à ses genoux ; mais en vain il pardonne,
En vain à la pitié son grand cœur s'abandonne,
Ce Roi que l'Espagnol jadis n'effrayait pas
Sous les coups d'un Français trouvera le trépas.

Du héros immolé le sanglant héritage
A son malheureux fils doit échoir en partage ;
Celui-ci triomphant, au mépris du danger,
Disputera la foudre aux mains de l'étranger.
Puisse-t-il des partis calmer la violence
Et des prêtres tyrans réprimer l'insolence !
Mais l'ardent Richelieu, le souple Mazarin,

Feront gémir l'État sous leur sceptre d'airain,
Et du pied des autels, s'élevant jusqu'au trône,
Placeront la tiare auprès de la couronne.
Richelieu, sans détour, régnera par la peur ;
Mazarin séduira sous un masque trompeur ;
L'un des flots irrités sachant braver la rage,
L'autre, même en pliant, résister à l'orage.
Politiques profonds et mauvais citoyens
Tous deux se soutiendront par d'indignes moyens,
Et sans cesse entourés des piéges de l'envie,
Au faîte des grandeurs termineront leur vie.

Un siècle plus brillant que celui des Césars,
Le siècle des héros, le siècle des beaux-arts,
S'élève.... ô mon pays ! ô France fortunée
Tu vas fixer les yeux de l'Europe étonnée ;
Le plus puissant des Rois, par de nobles travaux,
Enfante dans ton sein ces prodiges nouveaux.
Plus d'un chantre fameux, dans leur bouillant délire,
Mêlent leur docte voix aux accens de la lyre ;
Le pinceau créateur, le magique burin,
Font parler aux regards et le marbre et l'airain.

Des pontifes sacrés j'entends la voix austère
Tonner contre l'orgueil des princes de la terre.
Regardez ces savans dont l'œil audacieux
Pénètre les secrets cachés au fond des cieux.
Ici deux vastes mers qu'un même lien rassemble
Roulent leurs flots surpris de se trouver ensemble;
Là, d'énormes vaisseaux sur l'Océan épars
Vers nos ports assurés voguent de toutes parts.

Grâces, divin Colbert, à ta rare prudence,
Le commerce aux cent bras nous verse l'abondance;
Par toi tout s'embellit, et de leurs fondemens
La France voit sortir de pompeux monumens:
Oui, ce qu'aux bords du Tibre était le grand Mécène
Tu le seras pour nous aux rives de la Seine.

Enfin, Charles découvre un peuple de guerriers,
Le glaive en main, le front couronné de lauriers;
Toi, modeste Vendôme, et toi, vaillant Turenne;
L'impétueux Condé que son courage entraîne,
Condé, qui, revenu d'une fatale erreur,
Sera l'appui du Roi dont il fut la terreur;

Le sage Catinat, ce sublime génie,

Que de ses noirs poisons souille la calomnie ;

L'intrépide Villars, qui porte le trépas

Dans les rangs des Germains fuyant devant ses pas ;

Créqui, toujours fougueux et souvent téméraire,

Traversé quelquefois par le destin contraire,

Et le grand Luxembourg, l'effroi des ennemis,

Mais l'amour des soldats à ses ordres soumis.

Au milieu des dangers, Vauban sans épouvante

Guide ses bataillons, ou d'une main savante

Relevant un rempart que la guerre a détruit

De cent foudres d'airain méprise le vain bruit.

Duquesne, sur les flots portant les funérailles,

Va des Algériens foudroyer les murailles,

Et le lâche corsaire expiant son orgueil

Sous ses toits embrasés a trouvé son cercueil.

Mais plus que ces héros, le prince magnanime

Qui d'un mot les retient, d'un regard les anime,

De l'éclat de sa gloire étonne l'univers.

Louis, maître absolu de vingt peuples divers,

Redoute ces captifs indignés de leur chaîne ;

Ils trament en secret ta ruine prochaine.

Que dis-je ? non , ton cœur ne connaît point l'effroi,

Dans ton abaissement tu seras un grand Roi;

Ferme au sein des revers , toujours prêt à combattre ,

Tu te verras trahir sans te laisser abattre.

Mais où courent, grand Dieu ! ces escadrons armés ?

Des femmes, des vieillards, des enfans alarmés

Maudissent, en fuyant, la main qui les opprime.

Que leur reprochez-vous, et quel est donc leur crime?

Ont-ils des saints autels brisé les fondemens ?

Aucun envers l'État n'a trahi ses sermens;

Ils honorent les lois , ils respectent leurs maîtres,

Mais ils n'ont pas quitté la foi de leurs ancêtres.

Et c'est au nom du ciel, au nom de Jésus-Christ,

Au nom d'un Roi chrétien que ce peuple est proscrit!

Ce n'était point jadis par le fer et les flammes

Que le fils de David convertissait les âmes;

Son langage plaisait par des charmes vainqueurs,

Et surtout son exemple entraînait tous les cœurs :

Ainsi de l'univers il obtint les hommages.

Ah ! plutôt écartons ces sinistres images :

Philippe va planter d'un bras victorieux
Sur les murs de Madrid nos drapeaux glorieux ;
Déjà des lis français une tige fleurie
S'élève sur le sol de l'antique Ibérie.
O Roi de l'univers, ô monarque éternel,
Jette sur nos États un regard paternel ;
Que ce nouvel honneur ne soit point pour la France
Non plus que pour l'Espagne un sujet de souffrance !
Mais l'orage obscurcit l'éclat d'un ciel si beau ;
La discorde farouche allumant son flambeau
De ces vastes pays dépeuple les rivages,
Et d'un œil satisfait contemple ses ravages.

Bientôt Charle entendit, au milieu des éclairs,
Cent globes meurtriers éclater dans les airs ;
Sur les corps des Anglais, renversés par la foudre,
Dans la fange étendus ou traînés sur la poudre,
Il vit de Fontenoy s'avancer le vainqueur ;
Un transport inconnu fit tressaillir son cœur.
Hélas ! ce conquérant, ami de la victoire,
Dans une cour profane ensevelit sa gloire,
Au sein des voluptés oubliant ses drapeaux,
Et le trône pour lui n'est qu'un lit de repos.

O toi, prudent Fleury, veille, et s'il est possible,
Que le peuple français soit heureux et paisible;
Ranime de ton Roi la mourante vertu,
Relève par tes soins son courage abattu;
Le vaisseau de l'État, qu'agitent les orages,
Vogue sur une mer trop féconde en naufrages!

Le jour a disparu; de moment en moment
Un tonnerre lointain murmure sourdement;
Il approche, il mugit; sa lumière étincelle;
Le trône de nos Rois soudain tremble et chancelle;
Il s'écroule.... Que vois-je! Un prince infortuné,
Entouré de bourreaux, à la mort entraîné;
Un prince vers le ciel tournant ses yeux humides,
Ses yeux... des fers, hélas! chargent ses mains timides.
Tranquille, sans murmure, il subit son affront;
La hache meurtrière a fait tomber son front,
Mais la foi lui promet un destin plus prospère :
O fils de Saint-Louis! va rejoindre ton père.

Alors sur un amas de cadavres meurtris,
D'ossemens fracassés et de membres flétris,
Apparut aux regards un monstre épouvantable.

Tout frémit au seul son de sa voix redoutable ;

Du pied foulant la terre, et le front dans les cieux,

Il promène partout son œil audacieux.

De scélérats armés un essaim l'environne,

Un bonnet teint de sang lui tient lieu de couronne ;

Il a pour sceptre un fer ; sans crainte et sans remords

Sur les corps des mourans il entasse les morts ;

Il proscrit la vertu ; les lois, il les opprime,

Et, le crime excepté, tout est devenu crime.

Trop malheureuse France, hélas ! tes fils ingrats

Serrés contre ton sein s'étouffent dans tes bras,

Tes honneurs sont perdus, ta couronne est flétrie ;

Des brigands, des Français, rebut de la patrie,

A ton abaissement opposent leur fierté,

Et t'accablent de fers en criant : liberté !

Saisi dans cet instant d'une crainte imprévue

Charles voudrait parler, et détournant la vue

Il ne peut qu'à ses pleurs donner un libre cours ;

Mais l'ange le console et lui tient ce discours :

« O Charles ! loin de toi cette erreur insensée ;

« Que crains-tu dans ton cœur, et quelle est ta pensée ?

« Ce monstre déchaîné, ce fléau des États,

« Qui, sans cesse comblant ses premiers attentats ,

« Protége les forfaits et punit l'innocence,

« N'est pas la liberté, prince, mais la licence.

« La liberté jamais ne fut fatale aux Rois,

« Du monarque et du peuple elle affermit les droits ;

« Mais parfois sous son nom la licence effrénée

« D'un royaume puissant change la destinée.

« Ainsi le fanatisme en horreur aux mortels

« De la religion usurpe les autels,

« Brave des saintes lois l'autorité suprême,

« Et détourne l'encens qui n'est dû qu'à Dieu même.

« De la tige royale un rejeton naissant

« Au milieu des débris expire languissant :

« Les autans ont flétri sa beauté passagère ;

« Il meurt, et disparaît comme une ombre légère.

« Mais un libérateur.... quoi ! ne le vois-tu pas

« Du bout de l'horizon s'avancer à grands pas ?

« Un aigle autour de lui balance le tonnerre ;

« Des révolutions le spectre sanguinaire

« Contemple en frémissant les exploits du héros ,

« Et tombe sous les coups de ses propres bourreaux.

« Enchaîner la discorde, et rendre un peuple libre,

« Des pouvoirs balancés rétablir l'équilibre

« En méprisant du sort le caprice inconstant,

« Pour toi, Napoléon, c'est l'œuvre d'un instant.

« De climats en climats porté par la victoire

« Tu prétends fatiguer le burin de l'histoire ;

« Semblable à ce géant dont les cent bras divers

« En s'étendant au loin menaçaient l'univers.

« Tes vœux sont-ils comblés? Non, non, c'est à l'empire,

« C'est au suprême rang que ton orgueil aspire ;

« Arrête.... qu'ai-je vu ! le malheureux Condé

« Atteint d'un plomb mortel et de sang inondé.

« Et quel est son forfait? De quel droit, à quel titre,

« De ses jours glorieux te rendre ainsi l'arbitre ?

« Ah ! si des nations tu respectais les droits

« Sans vouloir usurper le sceptre de nos Rois,

« Si tu n'avais porté qu'un arrêt légitime,

« Aurais-tu dans là nuit immolé ta victime?

« Mais quoi ! déjà la brigue usurpe les emplois,

« Devant tes volontés tu fais tomber les lois ;

« D'infâmes délateurs soldant la vigilance,

« Tu punis le murmure et même le silence ;

« Ton bras s'appesantit sur le peuple français !

« Est-ce pour l'opprimer que tu l'affranchissais ?

« A des liens de fleurs succèdent des entraves,

« Tu ne veux dans l'État qu'un maître et des esclaves ;

« Malheur à toi, malheur au monarque absolu !

« Tu tomberas un jour ; toi seul l'auras voulu. »

Cependant dans sa course il renverse les trônes,

Il foule sous ses pieds les débris des couronnes ;

Des milliers de héros, à sa suite entraînés,

Par la faux du trépas périssent moissonnés ;

Les Rois à ses genoux tombent.... L'Europe entière

Sous l'homme du destin baisse sa tête altière ;

Il triomphe.... Bientôt sous de lointains climats,

Nos braves engloutis au milieu des frimas

Des oiseaux dévorans deviennent la pâture ;

Ils sont morts, ces vainqueurs, vaincus par la nature !

Le colosse s'écroule, et c'est sur un écueil

Que le vainqueur des Rois a trouvé son cercueil.

O vous qui partagiez ses périls et sa gloire,
La France de vos faits gardera la mémoire;
Du voile de l'oubli l'affreuse main du temps
Jamais ne couvrira vos exploits éclatans.
A travers des torrens de flamme et de poussière
S'avancent, sans effroi, le généreux Bessière,
Hoche, Lannes, Kléber, Lasalle, Dugommier;
Auvergne, dans nos rangs tu marchais le premier;
Tu n'es plus, mais du moins tes illustres élèves
Sur ton marbre funèbre aiguiseront leurs glaives;
Ton cœur dans les combats guidera nos guerriers,
Et pour eux de ta cendre il naîtra des lauriers.
Abbatucci, tu meurs, et ta lèvre flétrie
Se glace en murmurant le nom de ta patrie.
Sur le pont de Lodi j'aperçois Augereau;
Au milieu des combats je vois tomber Moreau:
Mais l'un va dans les cours traîner sa renommée,
L'autre.... naguère encore il guidait notre armée!...
Dessoles, Beauharnais, Jourdan, Soult et Mortier,
Lefebvre, Macdonald, Suchet, Marmont, Berthier,
Et toi, brave Desaix, enfant de la victoire,
Bien mieux que sur l'airain vous vivrez dans l'histoire.

Le vaillant Masséna, l'impétueux Joubert,
Kellermann et Marceau, Pérignon et Colbert,
De ces héros fameux partagent la couronne :
Voyez dans Waterloo l'intrépide Cambronne ;
Entouré d'ennemis et bravant le trépas :
« La garde, répond-il, meurt et ne se rend pas. »

Mais le calme renaît ; long-temps caché sous l'herbe,
Le lis jusques aux cieux lève son front superbe,
A nos regards charmés fait briller ses couleurs,
Et répand dans les airs le parfum de ses fleurs.
Après ses longs tourmens la France enfin respire ;
Les Français de la Charte ont reconnu l'empire,
Pacte auguste et sacré qui soumet à la fois
Les peuples au monarque et le monarque aux lois.
Louis, pour l'affermir, limitant sa puissance,
Avec le despotisme enchaîne la licence,
Et dans tous ses sujets rencontre des amis :
Qui rend un peuple heureux le voit toujours soumis.

Quel est ce jeune prince accablé de tristesse ?
La mort autour de lui voltige avec vitesse ;

Les destins à nos yeux ne font que le montrer,
Hélas! et dans la tombe il doit bientôt rentrer.
Ses yeux nagent errans dans la nuit éternelle;
Il a senti les coups d'une main criminelle,
Et meurt en pardonnant au bras qui l'a frappé.

Salut, auguste enfant, au naufrage échappé,
Que tes jours soient sereins, que ton règne prospère:
Sois du peuple français le soutien et le père;
Dieu même te destine à cet illustre emploi,
Mais pour mieux commander obéis à la loi :
Du père des Bourbons imitateur fidèle,
Des bons Rois à ton tour montre-toi le modèle;
Aime la vérité, repousse le flatteur
Qui prétendrait t'offrir un encens corrupteur;
Aux vœux de l'orphelin, aux cris du misérable,
Garde-toi d'opposer un cœur inexorable,
Car c'est en soulageant la triste humanité
Qu'un monarque ressemble à la Divinité.
Sur de tels fondemens établis ta puissance;
On se réjouissait au jour de ta naissance,
Règne par tes bienfaits sur ton peuple adoré,
On t'aimera vivant, mort tu seras pleuré.

Mais les clartés du ciel à l'instant s'obscurcirent,
D'un avenir caché les voiles s'épaissirent;
Et l'aurore monta sur l'horizon vermeil.
Charles loin de ses yeux a banni le sommeil;
Brûlant d'un noble espoir et couvert de ses armes,
Il rejoint ses soldats pour voler aux alarmes.

CHANT DIXIÈME.

Le tumulte et les cris succèdent au repos,
Et le vent du matin agite les drapeaux.
Le clairon a gémi, la trompette résonne,
Le superbe coursier et bondit et frissonne,
Nos soldats prosternés, dans leur zèle fervent,
Invoquent à la fois le nom du Dieu vivant,
Du Dieu qui secourut la France infortunée
Et des faibles humains règle la destinée.

Le Français, recueillant tous les débris épars,
Avait durant la nuit relevé ses remparts.
L'astre du jour paraît, et leur masse imposante
Aux yeux de l'ennemi tout à coup se présente :
L'Anglais à cette vue a tressailli d'effroi.
Deux jeunes chevaliers, la Trémouille et Rainfroi,
Partageant avec art tous les rangs de l'armée,
Redoublent des Français l'ardeur accoutumée.

Du geste et de la voix animant ses guerriers,

Jeanne marchait le front couronné de lauriers

Où se mêlait encor la rose printanière.

L'image de la croix brille sur sa bannière ;

Tel autrefois on vit, par ce signe certain,

Voler et triompher l'illustre Constantin.

    Mais Arondel accourt pour venger l'Angleterre.

A sa droite est pendu son large cimeterre :

« Jeanne, s'écriait-il, je t'appelle aux combats ;

« Viens donc! » Jeanne l'écoute et s'applaudit tout bas,

Quitte son étendard, et jure en sa colère

Que l'Anglais imprudent recevra son salaire.

L'orgueilleux Arondel excitant son coursier

De son large pavois fait retentir l'acier.

Loin des rangs attentifs soudain Jeanne s'élance ;

On l'admire, on attend dans un profond silence.

Son œil roule la flamme, et l'aspect du danger

Loin d'ébranler son cœur semble l'encourager.

Déjà sur tous les fronts l'épouvante est empreinte ;

On se trouble, on frémit ; l'héroïne sans crainte

Décharge un coup affreux dont le poids accablant

Du héros ébranlé sur son coursier tremblant
Fait jaillir en éclats l'étincelante armure ;
Les échos effrayés rendent un long murmure.
Arondel se ranime et s'apprête à frapper ;
Et tandis qu'au trépas Jeanne veut échapper,
Tandis que tour à tour sa courageuse adresse
Attaque ou se défend, fléchit ou se redresse,
Un javelot léger tourne, vole en sifflant
Et de son palefroi perce le large flanc.
Il tombe et se débat ; dans sa chute entraînée
Roule sur le terrain la vierge infortunée.
C'en est fait ; Arondel précipite ses pas,
Sur sa triste victime il suspend le trépas,
Secourez-la, grand Dieu! Mais Jeanne se relève,
Tous deux jettent la lance et saisissent le glaive ;
Par l'aveugle fureur tous leurs sens sont troublés,
Et le ciel retentit de leurs coups redoublés.
Chacun des combattans frappe d'un bras rapide,
Et cherche à renverser son émule intrépide,
Se détourne, recule, approche, et dans les airs
Fait de son bouclier resplendir les éclairs.
Mais le sol a rougi, déjà le sang ruisselle ;

Arondel va périr, il pâlit, il chancelle,

Veut opposer encore un effort impuissant,

Porte de faibles coups et meurt en gémissant.

Les Français, dont le ciel vient de combler l'attente,

Célèbrent de leur chef la victoire éclatante,

Mais l'ennemi sortant de sa muette horreur

A bientôt répondu par un cri de fureur.

Ainsi quand les zéphyrs ont aplani les ondes,

Quand l'Océan repose en ses grottes profondes,

Si l'aquilon mugit, à ce calme trompeur

Succèdent tout à coup le ravage et la peur.

La lutte décisive est enfin commencée :

Sur un nouveau coursier Jeanne s'est élancée.

On foule sans pitié les soldats expirans,

Les blessés fugitifs éclaircissent les rangs,

Des deux partis rivaux la fureur se déchaîne ;

Comme s'il pressentait sa défaite prochaine,

Le front chargé d'ennuis, le malheureux Bedfort

Oppose à nos Français un impuissant effort.

Mais Jeanne a redoublé d'ardeur et de courage ;

Puissant Dieu des combats, achève ton ouvrage !

D'un noble dévoûment pénétrant tous les cœurs

Assure le triomphe à nos soldats vainqueurs.

Mes vœux sont exaucés ! Respirant les alarmes,

Aux armes des Anglais tous opposent leurs armes ;

C'est en vain que Talbot veut par un prompt retour,

De l'immense Orléans assiéger le contour ;

Forte de nos soldats, la haute citadelle

Repousse l'ennemi qui se presse autour d'elle.

Jeanne aux yeux des Anglais présente le trépas

Et les force, en tumulte, à fuir devant ses pas.

Saintrailles et Dunois marchant d'intelligence,

De leur prince accouru secondent la vengeance.

Intrépide Bedfort, tes escadrons armés,

Dans un vaste circuit frémissent enfermés.

Tu vois de toutes parts briller les armes nues ;

Tandis que nos soldats gardent les avenues

Tes Anglais font pleuvoir mille traits inhumains

Ou plongent dans le sang leurs glaives et leurs mains.

Mais Satan s'abandonne au courroux qui l'emporte,

De l'infernal séjour il a brisé la porte ;

Il pousse un cri.... soudain ses affreux bataillons

Égalent dans leur vol l'essor des aquilons ,

Et de longs hurlemens effrayant les ténèbres
Obscurcissent les airs de leurs ailes funèbres.
L'ange de Dieu, qui voit ces complots criminels,
Déserte en ce moment les parvis éternels,
Et traînant après lui les célestes armées,
Repousse de Satan les troupes alarmées.
Des escadrons ailés le choc impétueux
Fait retentir les airs d'un bruit tumultueux.
Des nuages épais dans les cieux s'élargissent,
L'horrible foudre gronde et les échos mugissent.
On combat cependant sous ces murs assiégés
Où tant de chevaliers périrent égorgés.
Bedfort, environné d'une ardente cohorte,
Par ses discours adroits l'encourage et l'exhorte.
Garnier fond sur Oswal, et de son bras nerveux
Le renverse mourant, saisit ses longs cheveux,
Et plongeant en son cœur un large cimeterre
Dans les flots de son sang le traîne sur la terre.
Le jeune Albert, d'Oswal noble et généreux fils,
Acceptant du vainqueur les superbes défis,
L'immole.…. mais bientôt frappé lui-même, il tombe,
Et vengeur de son père il le suit dans la tombe.

Bedfort, dans le péril reprenant sa fierté,
De son brillant pavois fait jaillir la clarté;
Son superbe cimier dans les airs se balance;
Chacun le suit des yeux : le fier Anglais s'élance,
Armé d'un large fer qu'en ses mains il brandit;
Devant ses pas vainqueurs le sentier s'agrandit.
Hedward, dont Chateaubrun vient de percer l'armure,
Tombe, se roule, expire avec un long murmure;
Et le vainqueur foulant son rival outragé
Lui prend son casque d'or d'un panache ombragé,
S'en couvre, et va portant la mort et l'épouvante.
Le père, qui d'Hedward voit l'aigrette mouvante,
A méconnu son fils.... ô déplorable erreur!
Sur Hedward il croyait assouvir sa fureur....
Chateaubrun, tu n'es plus, et ton malheureux père
Étendu sur ton corps en vain se désespère :
« O fils infortuné, j'ai répandu ton sang;
« Mon bras est criminel, mon cœur est innocent :
« N'importe, par ma mort ta mort sera vengée. »
Il dit, et dans son flanc sa lance s'est plongée.

Sur les rangs abattus marchent de nouveaux rangs,

Et le sol est couvert de morts et de mourans.
Anglais, de nos héros la fureur implacable
Partout vous environne et partout vous accable.
Renaud, qui de Bedfort méditait le trépas,
L'observait à l'écart et marchait sur ses pas.
Par un large circuit il approche, il s'élance
Sur son noble ennemi, le frappe ; mais sa lance
Contre le bouclier en mille éclats se rompt.
Renaud veut fuir, Bedfort, plus agile et plus prompt,
Se retourne en fureur ; sa main de sang trempée
Fait vibrer dans les airs sa foudroyante épée ;
De l'imprudent Renaud il demande les jours.
Toujours environné, mais poursuivant toujours,
Dans le cœur du perfide il a plongé sa lame,
Et Renaud en tombant vomit le sang et l'âme.

Désormais sans espoir, le malheureux Bedfort
Au péril de ses jours tente un dernier effort,
Et loin de nos remparts s'ouvre une large route :
Le reste des Anglais le suit dans sa déroute.
Orléans se réveille au cri de liberté
Et la France abattue a repris sa fierté.

Dieu l'ordonne; au seul bruit de cette voix puissante,

Satan plonge aux enfers sa rage obéissante.

O vous, morts immortels; vous, illustres guerriers,

Dans le champ de l'honneur tombés sous vos lauriers,

Du céleste séjour vous accourez; et l'ange

Qui naguère guidait la divine phalange

Arrête en ce moment son vol audacieux,

Et sur nos escadrons plane du haut des cieux.

Orléans s'ouvre enfin; nos troupes menaçantes

Y portent des Anglais les dépouilles récentes.

Tous ces foudres d'airain que l'enfer en fureur

Inventa pour vomir la mort et la terreur,

Et qu'on vit trop long-temps du faîte des murailles

Dans les rangs ennemis semer les funérailles,

De leur tonnante voix n'ébranlent plus les airs.

On aime à parcourir ces vastes champs déserts :

« Ici, dit-on, ici Talbot, d'un bras rapide,

« Frappait de ses rivaux l'escadron intrépide;

« Là, devant l'ennemi, les chevaliers français

« Des remparts d'Orléans défendirent l'accès. »

Mais des temples sacrés inondant les portiques,

Nos soldats triomphans entonnent leurs cantiques;

Le monarque lui-même aux pieds de l'Éternel
Dépose de son cœur l'hommage solennel ;
Sur l'autel embrasé l'encens pétille et fume,
Et du Dieu des combats le séjour se parfume.

Jaloux de terminer ses glorieux travaux,
Bientôt Charles revole à des exploits nouveaux.
Le ciel sur les Anglais attache l'anathême ;
Et de la royauté recevant le baptême,
Le monarque français, dans les remparts de Reims,
Consacre son pouvoir et ses droits souverains.

Le ciel a jusque-là secondé ton courage ;
Crains de pousser plus loin ce merveilleux ouvrage,
Imprudente héroïne, abandonne les cours,
Et surtout des flatteurs méprise les discours !

FIN.

www.ingramcontent.com/pod-product-compliance
Ingram Content Group UK Ltd.
Pitfield, Milton Keynes, MK11 3LW, UK
UKHW020841120726
13693UKWH00002B/760